La zapatera prodigiosa

Biblioteca García Lorca

Federico
García Lorca

I. La zapatera prodigiosa

comedy (handwritten annotation)

Farsa violenta con bailes y canciones populares
de los siglos XVIII y XIX, en dos partes, *musical* (handwritten annotation)
con un solo intervalo

II. Fin de fiesta

Edición de Mario Hernández

El libro de bolsillo
Biblioteca de autor
Alianza Editorial

Primera edición en «Obras de Federico García Lorca»: 1982
Décima reimpresión: 1997
Primera edición, revisada, en «Biblioteca de autor»: 1998
Séptima reimpresión: 2004

Diseño de cubierta: Alianza Editorial
Ilustración: *Retrato de dama española sentada*
(dibujo de F. García Lorca, 1929) © Federico García Lorca VEGAP.
Madrid, 1998

© Herederos de Federico García Lorca
© Edición, introducción y notas: Mario Hernández
© Alianza Editorial, S.A., Madrid, 1982, 1987, 1988, 1989, 1990, 1991,
    1992, 1994, 1995, 1996, 1997, 1998, 1999, 2001, 2002, 2003, 2004
    Calle Juan Ignacio Luca de Tena, 15; 28027 Madrid; teléf. 91 393 88 88
    www.alianzaeditorial.es
    ISBN: 84-206-3355-0
    Depósito legal: S. 1.234-2004
    Impreso en Gráficas Varona S.A., Salamanca
    Printed in Spain

Introducción

Dentro de la producción teatral de Federico García Lorca, *La zapatera prodigiosa* ha sido siempre una pieza de indiscutido éxito, al margen de que se sitúe en la media penumbra del «teatro menor». (La compañía en el rincón es excelente; «trama y lenguaje de farsa humana eterna», que dijo García Lorca, allí se encuentran, por ejemplo, los entremeses del insigne Cervantes.) Pero el problema al que se enfrenta actualmente un director teatral que quiera representar *La zapatera* radica, ya de entrada, en la elección del texto a seguir. En lo esencial, pueden cifrarse en dos las ediciones que circulan de la farsa: la publicada por Guillermo de Torre en el tercer volumen de las *Obras completas* de la editorial Losada (Buenos Aires, 1938) y la dada a conocer por Joaquín Forradellas (Salamanca, 1978). Como se deriva de las mismas fechas, la primera ha sido reimpresa múltiples veces, de modo que puede decirse que de ella han partido, hasta ayer mismo, directores, público, lectores y críticos. Las novedades textuales que presenta la segunda, minuciosamente anotada por su editor, no son grano de anís. Sin

duda alguna corresponden a un estadio posterior en la evo-
lución del texto al que representa la de Guillermo de Torre.
Esbozado simplemente el problema, diré que en la presente
edición ofrezco una tercera versión de *La zapatera prodigiosa*. Se trata de la «nueva versión» puesta en Madrid por
la compañía de Lola Membrives en 1935, en la que el autor
introdujo mínimas variaciones sobre la anteriormente estrenada en Buenos Aires. Como trataré de justificar en mis
«Notas al texto», estaríamos ante la versión de *La zapatera*
revisada por el poeta para la última escenificación en la que
él intervino.

En las páginas que siguen he intentado trazar el itinerario
de la farsa lorquiana desde los momentos iniciales de su
concepción. Varios documentos desconocidos, desde el esbozo en prosa narrativa hasta las entrevistas de prensa no
recopiladas, permiten contrastar con mayor fundamento
que en estudios anteriores las intenciones del autor y el per-
fecto resultado obtenido. A través de los citados documentos y de otras fuentes he tratado de arrojar el máximo de luz
sobre la obra misma y sobre la visión que García Lorca tuvo
de ella. Y a partir de sus declaraciones, e insistiendo en una
línea tocada repetidamente por la crítica, he explorado con
especial atención los rasgos quijotescos de *La zapatera,* tanto en lo que se refiere a la heroína de la farsa como a la escena del romance en el segundo acto.

Obra de lograda madurez, *La zapatera prodigiosa* mantiene intactos para el espectador o el lector de hoy los «frescos tonos» y el amor que el poeta puso en sus personajes de
ficción. Como entrada en materia, quiero recoger estas certeras palabras de Francisco García Lorca, las cuales nos sitúan ya ante el cuadro psicológico de la farsa: «Todos los
personajes masculinos representan, como en ciertas lito-
grafías antiguas, la escala de la vida: el niño, la infancia; los
mozos, la juventud; el alcalde, la madurez; el Zapatero, la ve-

jez; don Mirlo, la senectud. Sobre todos proyecta la Zapatera su ternura y su aspereza, ya que es en el plano del amor donde se centra la lucha de la fantasía con la realidad» *(Federico y su mundo*, Madrid, 1980, p. 310). Es en este plano natural, sencillo y complejo a la vez, donde se alza esa pugna tan humana, de raíz cervantina, que alienta en el sentir y sueños de una de las heroínas teatrales más atrayentes creadas por la imaginación del poeta.

*

La zapatera prodigiosa, farsa violenta en un prólogo y dos actos, según fue definida por García Lorca, es una de sus piezas teatrales que mejor muestra el cambiante proceso de creación a que sometía su teatro, incluso más allá del estreno respectivo. Aunque en varias de las etapas observables hemos de reducir el seguimiento de la génesis, escritura y cambios introducidos en la obra a hipótesis circunstanciales, la abundante documentación conservada nos permite examinar en gran medida los distintos estadios por los que pasó *La zapatera* hasta su fijación –¿definitiva?– en 1935. García Lorca adoptaba un criterio fluido ante sus textos teatrales, dispuesto a introducir modificaciones en la obra ya estrenada si su propia visión o condicionantes externos (como podría ser el cambio de actriz) le inducían a ofrecer una nueva versión cuando la obra se reponía. Éste fue el caso de *La zapatera prodigiosa,* con la particularidad de que es la obra teatral de García Lorca que más veces se repuso en vida de su autor. Estrenada en Madrid en 1930, con Margarita Xirgu en el papel principal, volvió a ser puesta en escena en otras tres ocasiones. Un grupo de aficionados, el Club Anfistora, la repone en Madrid en 1933 junto con *Amor de Don Perlimplín,* pieza que sí constituía riguroso estreno. A fines del mismo año Lola Membrives la incorpora a su repertorio durante la triunfal presentación del teatro del poeta en Buenos Aires. Es entonces cuando García Lorca, que interviene personalmente en los ensayos y dirección escénica, hablará de lo que considera «verdadero estreno» de *La zapatera*. Finalmente, la misma actriz argentina lleva la nueva versión a un escenario madrileño en 1935, ya en fechas coincidentes con las representaciones de *Yerma,* tragedia con la que el poeta se consagraba de modo definitivo como dramaturgo ante el público y los empresarios españoles de teatro.

Si nos situamos ante la última fecha, podemos observar cómo el espectador madrileño podía asistir por los mismos días (marzo de 1935) a dos espectáculos sumamente distintos de un mismo autor: frente a la farsa vivacísima, contrapunteada por escenas de canto y baile, la escueta densidad trágica de *Yerma,* estudio también de un alma femenina, mas con una técnica e intención netamente diferenciadas. Aun mostrando determinadas constantes del teatro lorquiano, desde el concepto del espacio escénico al interés por el papel del coro, las dos piezas se inscriben en diferentes modos de expresión teatral, aquellos que atienden, para establecer una primera línea divisoria, a la comedia y a la tragedia.

García Lorca cultiva las sales de la comedia hasta el fin de su truncada vida y producción dramática. No sólo vuelve sobre el teatro de títeres en 1935, con el teatrillo La Tarumba y las representaciones del *Retablillo de Don Cristóbal;* de 1936, según todos los indicios, es el comienzo de redacción de *Los sueños de mi prima Aurelia,* obra que le habría sido solicitada por la actriz Carmen Díaz para su estreno aquel mismo año, en fechas quizá próximas al estreno de *La casa de Bernarda Alba.* (Curiosamente, uno de los personajes de *Los sueños* es el propio poeta niño, a partir de una línea de inspiración semejante a la que da vida al Niño de *La zapatera*.) Pero el camino que lleva hasta la última e inacabada comedia, pasando por *Doña Rosita la soltera,* es complejo y no sometido a una sola dirección, ajeno el poeta a la falsilla o a la fórmula de éxito que se repite. Esta versatilidad y poder creador no impiden, por supuesto, el cultivo de modalidades o géneros concretos, mas sin abandonar una decidida actitud de investigación y superación de los modelos que le sirven de punto de partida.

Haciendo abstracción de la cronología precisa, hemos de remontarnos a los primeros años veinte para examinar su arraigada vocación de comediógrafo. Es la época, tras el fracaso de *El maleficio de la mariposa,* en que la juvenil madurez del poeta se plasma en formas menores de teatro, herederas de una varia y antigua tradición. El poeta ensaya entonces la farsa guiñolesca (y el adjetivo comporta una tonalidad, más que una exclusiva incidencia en el mundo del guiñol), la ópera cómica, escrita para ser ilustrada musicalmente por Falla, el teatro de aleluyas y el entremés estilizado y llevado a otros límites. Es esa línea de cuajada y grácil perfección que va de la *Tragicomedia de Don Cristóbal* a *La comedianta, Don Perlimplín* y *La zapatera.* En medio resta una pieza de títeres por el momento perdida, *La niña que riega la albahaca y el príncipe preguntón,* así como ha de añadirse a la lista, a pesar de su distinto planteamiento y más tardía escritura, el citado *Retablillo de Don Cristóbal,* ya entera farsa para guiñol. Descontado el paréntesis de *Mariana Pineda,* en sus piezas breves García Lorca vuelve sus ojos hacia una tradición popular del teatro, de la que no se excluyen las más sencillas manifestaciones. Si en primer término sobresale el teatro de marionetas, otras formas de espectáculo y recreación popular, del romance de ciego a los pliegos de aleluyas, serán trascendidas por el poeta, quien las recrea con sutileza y sabiduría dramática.

El ejemplo le venía sin duda de Manuel de Falla, gustador entusiasta de algunas zarzuelas, a las que reputaba como cima de la mejor ópera cómica europea, según ha notado Francisco García Lorca[1], y autor de dos piezas musicales clave. En primer lugar, *El corregidor y la molinera* (1917), definida en cartel como «farsa mímica inspirada en algunos incidentes de la novela de Alarcón», compuesta sobre libreto de G. Martínez Sierra y con un reparto que puede conceptuarse, *lato sensu*, como prelorquiano. Con la colaboración de Diaghilev, quien se desplaza hasta Granada y dirige el estreno en Londres (1919), *El corregidor* se convierte en *Le tricorne*, ballet, si antes pantomima, cuyos figurines y decorado se deberán a la mano de Picasso. Ya es significativa la impronta que los dibujos picassianos dejarán sobre los del poeta granadino, como se observa en la asimilación de algunos motivos iconográficos: arcos sombreados desde una perspectiva lateral, ventanas con cortina recogida sobre un ángulo, columnillas de las balaustradas en lo alto de los muros blancos[2]. Compárense, entre otros, los dibujos que ilustran la primera edición de *Mariana Pineda* (1928), así como el decorado y figurines de García Lorca para el estreno de su «farsa violenta», *La zapatera prodigiosa*, en 1930[3]. El uso de colores planos, la economía de líneas y la mezcla de un cierto cubismo con el influjo de la cerámica popular son caracteres que se incorporarán a los dibujos del poeta,

1. Ob. cit., pp. 308 y 425.
2. Una serie de treinta y dos dibujos para *Le tricorne* fue editada en París, 1920, por Paul Rosenberg. Un ejemplar de esta edición le fue dedicado a Falla por Picasso en 1921. Reproduce su cubierta, con la dedicatoria autógrafa del pintor, Manuel Orozco, *Falla. Biografía ilustrada*, Barcelona, 1968, p. 48. Véase el decorado al que aludo en la p. 55 del mismo libro. García Lorca hubo de conocer a través del músico los decorados y figurines picassianos.
3. Véase la fotografía de la escena final del primer acto entre las que se reproducen en el libro citado del hermano del poeta. Ocho de los figurines lo han sido por Marie Laffranque, procedentes de Ubaldo Bardi, en *Les idées esthétiques de F. G. L.*, París, 1967, pp. 236-237.

cuando no a determinadas visiones de su poesía, como en el *Romancero gitano*. Y sobre este fondo de una ideal y estilizada Andalucía pueden cobrar cuerpo la pantomima y el ballet, con apoyatura en la canción folclórica, vueltos los ojos hacia un pasado que ya lo era para Alarcón y que en García Lorca, como en Falla, se revitaliza al compás del veloz movimiento y lenguaje de los muñecos del guiñol andaluz: las contundentes historias de don Cristóbal, las de la tía Norica de Cádiz.

Así pues, las incitaciones que le ofrecía el mundo creativo del músico gaditano debieron ser determinantes para que García Lorca volviera su atención hacia el guiñol y otras formas de teatro menor sentidas por él como afines. Además, el interés por la comedia lírica, la canción folclórica y las acuñaciones del lenguaje popular está ya inscrito en la misma infancia y tradición familiar del poeta, quien desde niño mostró su capacidad de entusiasmo e invención ante el juego teatral e histriónico, sin menosprecio del guiñol. Así, es muy probable que el júbilo del Niño de *La zapatera* al oír el toque de trompeta que anuncia la llegada de los títeres tenga mucho de reflejo autobiográfico. Y, ya en este terreno, ha de citarse *El retablo de maese Pedro,* la sobria y genial composición fallesca estrenada en 1923, pero de lenta y anterior gestación, en años de intensa relación amistosa con el joven poeta granadino, como demuestra el proyecto de *La comedianta. El retablo* nos sitúa, por encima del más remoto ejemplo de Valle-Inclán, en los mismos platillos de la balanza lorquiana: del teatrillo de muñecos o de títeres a la farsa estilizada hacia la pantomima y la danza, heredera de los entremeses cervantinos y de concretos rasgos del sainetismo posterior, hasta llegar, en último término, al llamado género chico. Se inscriben en esta tradición la creación de tipos cuyo comportamiento está en parte ligado al oficio que detentan (sacristanes, zapateros de viejo, soldados, barberillos, contrabandistas), la individualización de estos personajes por su mismo oficio, no por el nombre que pudieran tener, y el coro de comparsas (alguaciles, mozos, beatas, etc.) que subrayan la acción con intervenciones episódicas, a veces de carácter musical. Estamos ya en un campo del que se nutre *La zapatera prodigiosa*, farsa en la que se concentra y ahonda el mundo de la *Tragicomedia*, más ceñida a la tradición descrita, y se preludia el conflicto trágico de *Don Perlimplín*. Ángel del Río, abriendo el camino a precisiones posteriores, ya señaló en un estudio global dedicado al poeta cómo los personajes, el diálogo y la acción de *La zapatera* «están concebidos con un gusto picaresco y castizo, de entremés antiguo»[4]. Y refiriéndonos al conjunto de las farsas lorquianas, designación que ahora empleo en un sentido lato, tal vez no sea inadecuado hablar de toda una etapa regida por el influjo de Falla en la producción teatral del poeta.

Sobre aspectos más evidentes de este influjo, ya en parte aludidos, resulta de interés examinar una deuda cervantina de *La zapatera*, deuda que debió llegarle a García Lorca por conducto y ejemplo de Falla. *El retablo de maese Pedro*, «adaptación musical y escénica de un episodio del *Quijote*», según rezan los programas, se rinde a la admiración por Cervantes y por el teatro de títeres, encarnado para el caso en el retablo donde maese Pedro escenifica un romance carolingio soñado como verdadero e inmediato en el tiempo por el caballeroso don Quijote, quien sale en defensa y socorro de los huidos don Gaiferos y Melisendra con el fatal re-

---

4. *Vid. Revista Hispánica Moderna*, VI, 3-4, 1940, p. 239. Igualmente, Virginia Higginbotham, *The comic spirit of F. G. L.*, Austin, 1976, pp. 29-32, y J. Forradellas, ed. cit., pp. 48-54 de su introducción. Finalmente J. M. Aguirre defiende el carácter farsesco de *La zapatera*, a la que define como «tragifarsa» («El llanto y la risa de la zapatera prodigiosa», *Bulletin of Hispanic Studies*, LVIII, 3, 1981, pp. 241-250).

sultado para las figuras del retablo que el lector recordará. Transcurrido el episodio, Cervantes nos hace saber que maese Pedro no era otro que Ginés de Pasamonte, quien, temeroso de la justicia, «determinó pasarse al reino de Aragón y cubrirse el ojo izquierdo, acomodándose al oficio de titerero». Así disfrazado, ni Sancho ni don Quijote le reconocerán, pudiendo él exhibir cómodamente sus supuestas dotes de adivino.

En la farsa lorquiana también el Zapatero ha de llegar al pueblo disfrazado, si bien con unas gafas, propias de su oficio fingido de relator de romances de ciego. Y si Ginés de Pasamonte se ayuda de un mono adivino, es quizá sintomático que el Niño de *La zapatera* pregunte si habrá monos, y no otro animal cualquiera, en el espectáculo que se anuncia. Por otra parte, romance real, que no relato comentado por un muchacho mientras las figuras se mueven, hay en el segundo acto de la farsa. En ella el retablo animado por maese Pedro ha sido sustituido por un pintado cartelón, a cuyos cómicos recuadros va señalando el Zapatero con una varilla, en acción idéntica a la realizada por el muchacho cervantino. Y, como en el episodio novelesco, también el romance tragicómico del poeta moderno, caricatura y estilización de un romance de ciego, involucra al grupo de oyentes, y en especial a la quijotesca Zapatera, a partir de la exagerada ficción de los hechos que expone. Éstos tienen carácter de trasposición burlesca, por vía tremendista, de la verdadera relación entre la Zapatera y su marido. No en balde el titiritero lorquiano, amparado en su disfraz, enumera entre sus saberes las «Aleluyas del zapatero mansurrón y la Fierabrás de Alejandría», resaltando al fin las que serían coplas de consejo sobre el «Arte de colocar el bocado a las mujeres parlanchinas y respondonas». Para que no haya duda alguna sobre sus directísimas alusiones, los octosílabos llevarán por título «Romance verdadero y sustan-

cioso de la mujer rubicunda y el hombrecillo de la paciencia». Sabemos desde el principio de la farsa que la feroz rosa
de Alejandría que es la Zapatera tiene el pelo rubio. No es
preciso forzar la imaginación para identificar al doble de
ese «hombrecillo de la paciencia», trabajador del cuero
igual que el narrador. Pero es más: el final del romance liga
los planes del amante de la talabartera –acuchillar al marido– con los gritos angustiados de las vecinas que asisten,
fuera de escena, a las puñaladas que unos mozos se dan por
amor a la Zapatera. Si el engarce denota el buen hacer dramático del autor, de nuevo se vislumbra una correspondencia con el episodio cervantino. Allí don Quijote acuchilla
con su espada a los moros del retablo. Desbaratadas y hen-
didas las figuras, se acaba por necesidad la función de títeres y don Quijote vuelve a la realidad. El eco cervantino,
que el mismo García Lorca se encargó de señalar para las
«predicaciones» del Zapatero[5], resalta incluso en este cierre
de la escena del romance, por diferentes que sean las situaciones y su resolución. De todos modos, a las voces de maese Pedro, cuya cabeza estuvo a punto de ser cercenada «con
más facilidad que si fuera hecha de masa de mazapán»,
como a los gritos de las vecinas, que se asoman por la ventana al primer plano de la escena, los personajes de Cervantes y de García Lorca se abajan de la fantasía del cuento que
escuchaban a la realidad contingente que les define. De esta
manera, el poeta moderno incorpora a su obra, con invención propia, el habilidoso juego de planos descrito, en el
que va inserto, como en el *Quijote,* el mismo carácter y
modo de ser de la protagonista.

*

5. Francisco García Lorca ha resaltado, además, el quijotismo de la protagonista y del tema de la obra, así como los contactos existentes entre ésta y
el entremés cervantino *El juez de los divorcios* (ob. cit., pp. 307-310).

La escritura de *La zapatera* viene precedida por notas y tan-
teos. Entre los manuscritos del poeta se ha conservado una
cuartilla con una lista de personajes y dibujo de un escenario. Es una más de sus obras imaginadas y no escritas, quizá porque se vierte y confunde en la trama de una de las piezas llevadas a cabo. Ésta a la que me refiero lleva el título de
Don Mirlo y presenta el siguiente *dramatis personae*:

> Don Mirlo
> Amargo
> Teodora
> Tránsito
> Alfonso

Bajo esta lista, y ocupando la mitad de la cuartilla, se sitúa el citado dibujo. Aun tratándose de un apunte rápido,
merece nuestra atención, no sólo por lo que pueda decirnos
sobre *Don Mirlo*, si es que atendía a esta obra, como parece
deducirse, sino también por la visión escénica del autor. El
escenario esbozado representa un interior en cuyos extremos se sitúan dos puertas con cortinas, para la entrada y salida de personajes. En un primer plano, a la derecha, una
mesa de velador con florero, y contra las paredes, una silla
de alto respaldo, dos sillones bajos y dos altas ventanas con
reja. Un cuadro remata la decoración, a la que ha de añadirse un poyo o mesita al pie de una de las ventanas. Lo más lla-
mativo es la inversión de perspectiva, pues el tejado de la
casa se adelanta en declive sobre el escenario, de modo que
la línea de sostén, divisoria de dos paredes, avanza hacia el
centro de la escena, separando de este modo los espacios definidos por cada puerta y ventana respectivas. Aguzando las
consecuencias, cabe suponer que el escenario está pensado
para que la acción pueda suceder conjunta o separadamen-
te en cada una de las dos insinuadas habitaciones, con independencia de que haya un espacio común en el centro de la

escena. Por otro lado, las altas ventanas posibilitan el paso visible de personajes por fuera del espacio escénico, así como el diálogo con los que están en el interior, tal como ocurre en la *Tragicomedia,* en *La zapatera* y en *Don Perlimplín.*

La lista de personajes y el diseño del escenario, en el que no faltan la concha del apuntador y el cortinaje del telón recogido a ambos extremos, dan a entender que la obra estaba ya pensada en su trama y rasgos generales, independientemente de las modificaciones que sobre el plan imaginado luego se hubieran podido introducir. Por otro lado, la pieza proyectada debía pertenecer, en la intención del autor, al ciclo de las piezas menores.

Dos de los personajes reaparecen en el esbozo primitivo de *La zapatera:* don Mirlo, que se mantendrá en la obra, y Amargo, que desaparece del todo, trasvasado a otras creaciones del poeta: «Diálogo del Amargo» *(Poema del cante jondo)* y «Romance del emplazado» *(Romancero gitano).* Antes todavía de convertirse en el ser marcado por un signo funesto que García Lorca definiría en la conferencia-recital sobre su libro de romances, Amargo será también, con el Lunillo, nombre de un niño citado en el autógrafo de *La zapatera.* De los dos nombres sólo se mantendrá el segundo, pero la mención del primero, con papel distinto al que se alude en el esbozo, confirma la afirmación del poeta en su conferencia: que el Amargo fue una obsesión en su obra poética; añadiríamos que con implicación para la teatral.

Desde otro punto de vista, *Don Mirlo,* con el carácter protagónico que el título le confiere, parece anunciar algunos rasgos de *Don Perlimplín.* El exiguo número de personajes establece una mínima y primaria relación entre las dos obras. Por otra parte, en *La zapatera* don Mirlo es el prototipo del amante viejo y ridículo, caracterizado al gusto decimonónico (viste de frac y toma rapé) y representante del hombre letrado, que no puede evitar el hablar como un libro, deslizándose en alguna de sus réplicas una leve parodia del decir folletinesco: «Cuando las sombras crepusculares invadan con sus tenues velos el mundo y la vía pública se halle libre de transeúntes, volveré». Sin duda don Mirlo, que así se dirige a la Zapatera antes de estornudar sobre su cuello y tener que desaparecer, para nada tiene en cuenta el que la populosa vía pública a la que hace mención no exista más que en su mente, pues difícilmente es ubicable en el pueblo donde sucede la acción de la farsa. En su tono menor, don Mirlo es tan quijotesco como la Zapatera, con el agravante de que él está empapado de literatura, hablando desde los mismos términos de la ficción. Henos de nuevo ante un eco, por débil que sea, de la genial novela. Quizá es éste el motivo por el que García Lorca suprimió, al corregir su autógrafo, el más detallado retrato que de don Mirlo trazan el Zapatero y el Alcalde:

ZAPATERO.–Pues ya [está] usted viendo qué vida la mía. Mi mujer... no me quiere, tontea por la ventana con ese... Don Mirlo, ese, el abogado, que se va a quebrar de puro meticuloso y relamido que viste.

    ALCALDE *(riendo).*–Pero si don Mirlo tiene setenta y tantos años... Eso no puede ser...

El oficio de abogado de don Mirlo tal vez fue considerado por el poeta como irrelevante para la caracterización del tipo, acaso porque desviaba la atención del leve toque quijotesco que le afecta. Por su parte, también don Perlimplín es hombre de libros, como declara en el prólogo de la aleluya a su criada Marcolfa, del mismo modo que persisten en él restos del hablar alambicado y cómico: «Dime tú, doméstica perseverante, las causas de ese sí». Y, vueltos a la farsa, el mismo Zapatero se declara ignorante en la vida a pesar de sus lecturas: «Yo debí haber comprendido, después de leer tantas novelas, que las mujeres les gustan a todos los hombres, pero todos los hombres no les gustan a todas las mujeres». Ese quijotesco estar fuera del mundo por culpa de los libros volverá a estar presente en *Así que pasen cinco años,* obra en la que el decorado del primer acto, aludido en el prólogo último de *La zapatera,* es precisamente una biblioteca.

Las correspondencias entre don Mirlo y don Perlimplín no van mucho más allá de lo advertido. Si nos atenemos al autógrafo mencionado, la misma diferencia de edad (cincuenta años don Perlimplín, cincuenta y tres el Zapatero, setenta y tantos don Mirlo) manifiesta, en todo caso, una asunción por parte del protagonista de la aleluya de rasgos que proceden a la vez de los otros dos personajes.

Para valorar en su justo sentido lo hasta ahora dicho ha de atenderse a un dato obvio; no sabemos si el don Mirlo de la obra imaginada y no escrita sería el mismo que se encarna en *La zapatera.* No obstante, sí cabe sostener como muy probable que el proyecto al que corresponde sea anterior a la escritura de la farsa, como mostraría la repetida presencia de Amargo y don Mirlo, aun con la salvedad arriba indicada. El mismo oscurecimiento de Amargo viene a explicar la posible consumación de *La zapatera* en fechas posteriores al «Diálogo» citado (julio de 1925), cuando ya el nombre se le presentaría al poeta como «gastado». Esta verosímil suposición refrenda desde otro punto de vista la prioridad del proyecto de *Don Mirlo.* Finalmente, este nombre y personaje parecen tener ascendencia guiñolesca, sugerida tanto por las acotaciones del poeta como por los insultos que le dirige la Zapatera y el remedo burlesco que hace de su voz y gestos pajariles. Podemos incluso imaginar que el nombre nació inspirado en el sonido agudo que produce el pito de caña que da voz a los muñecos de guiñol. No cabe olvidar, sin embargo, que Mirlo es designación, a manera de apodo, de

una figura trajeada de negro. El «don» que se le añade, y el
que no se deslizara hacia Cuervo, nos hacen retornar al iro-
nizado buen decir del enamoradizo viejo, por tratamiento
perteneciente a más alta clase social que el resto de los personajes[6].

*

A la hora de proyectar una pieza teatral García Lorca recu-
rrió en más de una ocasión a fijar por escrito el esbozo narrativo del conflicto y trama que ocupaban su imaginación.
Felizmente se ha conservado entre sus papeles el de *La zapatera prodigiosa,* al que ya antes me he referido. Se trata de un
reducido relato que fue escrito en cuartilla y media. Está redactado todo él con pluma, pero el título ha sido añadido a
lápiz, enmarcado por guiones, como es usual en el poeta, y
por dos florecitas. El distinto tipo de escritura da a entender
que el título fue decidido *a posteriori.* Según testimonio familiar, García Lorca había pensado inicialmente titular su
obra como *La zapatera fantasiosa,* en más justa consonancia con el carácter de la protagonista y con el retrato exaspe-
rado que de ella traza su marido: «¡Fantasiosa! ¡Fantasiosa!
¡Fantasiosa!» El poeta fue disuadido, quizá ante la alternan-
cia que él mismo ya presentaba, y la protagonista quedó
bautizada como «prodigiosa». La mayor eufonía del resultado venía servida en bandeja por el recuerdo calderoniano:
El mágico prodigioso[7]. Prodigios comete también la Zapatera, si bien por una vía de puro fantaseo: imaginar lo que no

6. «Mirlado: afectado, amanerado», según observa J. Forradellas, ed.
cit., p. 54. Forzada me parece, sin embargo, la correspondencia establecida por el crítico entre don Mirlo y los sacristanes de los entremeses
clásicos.

7. Se detiene en este punto Miguel García-Posada, en la introducción a
su edición lorquiana *Teatro, 1 (Obras, III),* Madrid, 1980, p. 44.

vio. Ésta es la raíz, en último término, de su conflicto con-
yugal: su no resistirse al prosaísmo del desigual matrimonio
y vida de zapatera, prendida de lo que medio vivió o soñó,
revivido en sus rebeldes coqueteos verbales del presente escénico.

El esbozo, que el lector puede leer en el apéndice a este volumen, está redactado con una extrema sintaxis ilativa de
carácter oral, como si se tratara de un cuento popular. El
núcleo narrativo de *La zapatera* está ya netamente delinea-
do, a pesar de la diferencia de trazos. Don Mirlo cobra una
importancia mayor que en la obra, donde su presencia es
menor y episódica. Aparte de aparecer como joven y pobre,
carga con todo el papel de los pretendientes de la Zapatera,
descontado el grupo anónimo de mozos del pueblo y la fu-
gaz aparición sin voz (sólo hace señas) de Amargo. El don
Mirlo de la farsa, ya viejo ridículo, tiene más competidores
amorosos: el Alcalde, el Mozo del Sombrero y el Mozo de la
Faja. Estos dos últimos, definidos por su atuendo y carentes
de nombre, son probable desdoblamiento del desaparecido
Amargo. El Alcalde, que debió surgir al socaire del corregidor de *El sombrero de tres picos,* suplanta a don Mirlo en el
cometido de escuchar las primeras cuitas del Zapatero y se
desarrolla hasta tener un papel preponderante entre las figuras secundarias, tal como se deriva de su mismo cargo.
Tampoco aparecen en el esbozo el amplio coro de vecinas, ni
la importante figura del Niño, único apoyo de la zapaterilla
en medio del acoso y rechifla del pueblo. Puede decirse ante
el esbozo que el poeta ha atendido a lo esencial del conflicto, insinuado algunas de las líneas episódicas y dejado en
sombra la participación coral que van a tener, en grupo o
por separado, las figuras secundarias.

No obstante, la desequilibrada relación entre los protagonistas del relato presenta inicialmente aspectos que luego
no se mostrarán. En la pieza teatral el matrimonio ha naci-

do lastrado, según se nos dice, por motivos ajenos al amor:
la soledad del maduro zapatero, la pobreza de la juvenil zapatera. El casamiento, incluso, ha sido inducido por los fa-
miliares, a los que se recuerda por ello con cajas destempla-
das. Este planteamiento social, fuente de más dramáticos
conflictos en otras obras del autor, está reducido en el esbozo al simple desamor y diferencia de edad. Por otra parte,
hay una notable divergencia en la relación que se plantea en
el cuento. Por un lado, el Zapatero, decidido a marcharse,
parece encargar el cuidado de su mujer a don Mirlo; por
otro, la Zapatera insta ella misma a don Mirlo para que la
solicite y requiera de amores. Para remate, el desenamorado
Zapatero «se puso muy contento» al descubrir que no quería a su mujer, como si con ello se sintiera librado de un
gran peso. Por último, aunque la Zapatera se resentirá de su
ausencia, llegará luego a enamorarse del «contrabandista
barbudo» (su marido disfrazado) y le retendrá para que no
se marche.

Al margen del cambio en el disfraz del Zapatero, el esbozo ofrece debilitada la firmeza y lealtad matrimonial de la
Zapatera, como si al poeta le hubiera rondado (caso de *El
viejo y la niña,* de Moratín) la resolución de una trama más
compleja en cuanto a las vicisitudes amorosas de la pareja de
protagonistas; más compleja, se supone, en lo que se refiere
a posibles incidentes narrativos secundarios. En realidad,
lo que García Lorca va a hacer es suprimir toda duda en el
comportamiento de la joven Zapatera, que, de condenarse,
se condena exclusivamente por fantasiosa. Ése es el máximo
acierto del carácter creado: el personaje se entregará al ha-
lago de las palabras que le dirigen o al de sus propias imagi-
naciones, manteniendo, sin embargo, una total barrera en
torno a ella. A la inversa que en el esbozo, no vacilará en ningún momento (si cabe, sólo ante el titiritero), con el trágico
resultado, por su infinita coquetería, de que su honestidad

ande en lenguas de todo el pueblo. Bien claro lo dicen las coplas: «¿Quién te compra, Zapatera, / el paño de tus vestidos...?» El mismo Zapatero, desde el distanciamiento que le permite su disfraz, necesitará ser testigo personal de la firmeza de su mujer para convencerse de que ella era de oro puro, por más que las apariencias le hubieran engañado. Vive, pues, la Zapatera el choque de la realidad mortificante con los sueños de su fantasía, nunca un problema de fidelidad matrimonial, que ni siquiera se le plantea. Quien se lo sugiere de modo más conmovido y convincente es el titiritero, en un juego de móviles y pruebas que anuncia la sutil complejidad de *Don Perlimplín,* convertida Belisa en polo opuesto a la Zapatera.

Llegados al final de la farsa, lo que se produce es una doble anagnórisis, más allá del reconocimiento físico: caído el disfraz del uno, los dos se reconocen en lo que son. Es entonces, y sólo en ese momento, cuando el Zapatero se reconcilia con su propia realidad de marido paciente y acepta el agrio comportamiento que su mujer ha mostrado... y que seguirá manifestando antes y después de que caiga el telón. La doma de la bravía, alusión shakespeariana que recorre toda la obra, no llegará nunca a buen puerto, pues la rebeldía de la «violenta» Zapatera sigue manteniéndose en pie, por más que sea en clave tragicómica. Esta solución «feliz» está ya claramente insinuada en el esbozo, lo que demuestra que el poeta imaginó desde el principio la mostración de un tipo humano que de algún modo está por encima de su propia anécdota. De ahí su carácter ejemplar, en el sentido cervantino. La marca poética del personaje radica en esa su facilidad para dejarse rodar por la pendiente de los sueños, contraviniendo incluso las normas sociales que ella misma acata; contravención, ya se ha dicho, que no se extralimita, pues el autor se mantiene en una frontera que no irrumpe ni en el drama ni en la trage-

dia. A un paso estaba, como lo dejará advertido en el prólogo a la farsa, pero prefirió conducir a sus criaturas a ese
campo donde luchan «la maravilla de lo que creímos que
era y la vulgaridad de lo que es». Esta afirmación de 1930,
previa al estreno, adquiere quizá una excesiva gravedad.
Sin embargo, la personalización que implica, empujándo-
nos hacia el centro psicológico de la farsa, abre la puerta
hacia las sintéticas definiciones que García Lorca dictará
sobre su obra: «apólogo del alma humana», «mito de la
ilusión insatisfecha». En una entrevista hasta ahora olvida-
da precisa su pensamiento:

La zapaterilla encarna de una manera simple y accesible a todos esa
gran disconformidad del alma con lo que le rodea. Ella cree en lo
que crea. El marido viejo y feo vive en su evocación como un gallardo caballero montado en una jaca blanca. Como nadie en la aldea
creería en su sueño, se lo cuenta a una niña «que todavía no había
nacido» cuando el zapatero era un galán deseable. Al encontrar
otra vez al objeto de sus ilusiones vuelve a verlo tal cual es, y por eso
vuelve a tratarlo con la rudeza de antes. Ante la realidad misma, el
alma no se resigna, como no se resigna la zapaterilla a reconocer en
la voz de un titiritero la voz de su marido.

Largo fue, por tanto, el camino andado por el poeta desde el
esbozo primitivo hasta la realización de su obra. De lo que
era un recortado relato de una relación matrimonial conflic-
tiva, en la que en todo caso se destacaba la braveza de la mujer y su inconformismo amoroso, García Lorca decantará
esa rebeldía hacia un plano que apenas se vislumbraba anteriormente. Logrará de este modo uno de los más delicados
hallazgos dramáticos de su teatro: la Zapatera, criatura
poética que para nada necesita empantanarse en vacilaciones de fidelidad o infidelidad matrimonial, muy lejos de la
prudentísima doña Isabel de la comedia moratiniana antes
citada. Y no lo necesita, entre otros motivos, porque lo que

de verdad la individualiza es la huella quijotesca que el poeta puso en su modo de ser y vivir sobre la escena.

*

Será una vez más el epistolario, en tantas ocasiones diario de la creación de García Lorca, quien nos muestre un nuevo estadio en la génesis de *La zapatera prodigiosa*. Corresponde ya al momento de la escritura de la farsa, todavía incompleta y susceptible de modificaciones futuras, como claramente se deduce. La carta, en la que el poeta se refiere a la terminación de «una serie de *romances gitanos*», debió ser escrita en el verano de 1924, cuando el *Primer romancero gitano* aún tenía el título que su autor subraya, como se comprueba en los autógrafos conocidos[8]. Iba dirigida a Melchor Fernández Almagro, confidente literario del poeta, además de su introductor en el escarpado mundo de la farándula madrileña. Dice así el fragmento que nos interesa:

De teatro he terminado el primer acto de una comedia (por el estilo de los Cristobicas) que se llama «La zapatera prodigiosa» donde no se dicen más que las palabras precisas y se insinúa todo lo demás. Como yo creo que una comedia se puede saber si es buena o mala con sólo leer el reparto, te lo envío para que me digas qué te parece.

1. La zapatera.
2. La vecina vestida de rojo.
3. La beata.
4. El zapatero.
5. Don Mirlo.
6. El niño Amargo.
7. El niño Alcalde.

8. Remito a la cronología que he establecido en mi edición del *Romancero* (Madrid, 1981) publicada por Alianza Editorial. Rectifico, no obstante, la datación que allí figura, p. 161.

8. El tío del Tatachín.
   Vecinos y curas.

Música:
Flauta y guitarra.

Léele el reparto a Cipriano [Rivas Cherif], el simpático y culto comediógrafo, y dile si quiere colaborar conmigo en otra cosa que estoy preparando, que ya le diré.

En las últimas líneas transcritas García Lorca debía referirse seguramente al *Don Perlimplín,* que Rivas Cherif tratará de estrenar en 1929 con su compañía El Caracol, lo que no logrará por el obstáculo de una azarosa censura. En el momento de la carta esta pieza debía estar todavía reducida a mero proyecto, y de ahí que el poeta no se extienda en detalles. Pero, al margen de esta hipótesis circunstancial (que da por ya abandonada la obra de *Don Mirlo),* se desprende de la carta, como luego analizaré, un sustancial avance sobre el esbozo comentado. Continuando con las fechas, en 1930 García Lorca afirmará que *La zapatera* es «algo posterior a *Mariana Pineda».* Tres años más tarde especifica para el público de Buenos Aires: «Escribí *La zapatera prodigiosa* en 1926, poco después de terminar *Mariana Pineda».* En realidad, el paréntesis alegado tuvo que ser algo más amplio, a más de que sean precisas otras matizaciones. Si en lo esencial ha de pensarse que el poeta no tenía ningún interés en mentir (como tampoco en entrar en precisiones que estaban fuera de lugar), su doble afirmación ha de ser relativizada, lo que nos ilumina problemáticamente, desde el lado cronológico, el proceso creativo seguido.

El autógrafo de *Mariana Pineda* está fechado a su término el 8 de enero de 1925. Por otra parte, sabemos por una carta que García Lorca dirige a su familia en noviembre de 1924 que *Mariana Pineda,* falta de «los últimos retoques», había sido leída a Marquina, Salinas, Díez-Canedo y Fernández Almagro, además de ser conocida por el escritor y empresario teatral Martínez Sierra. En la misma comunicación Federico asegura que *La zapatera* «ha entusiasmado por su novedad», y añade párrafos después: «Tengo que terminarla bien y se pondrá enseguida, pues la [Catalina] Bárcena tiene uno de sus mejores papeles. Así que *se ponen de seguro las dos cosas.*» La realidad no fue tan optimista, pero el joven dramaturgo necesitaba convencerse y, sobre todo, convencer a su familia. Atenidos a nuestro ovillo, valga notar que *La zapatera* estaba pendiente de terminación. Si aceptamos plenamente el fragmento epistolar arriba copiado, al menos estaba ya escrito el primer acto. Finalmente, la farsa sería terminada en 1926; no escrita, a secas, como el autor dice. De todos modos, todavía en enero de 1928, en nueva carta a Fernández Almagro, García Lorca habla de «terminación». De suyo, la historia no acabó del todo, como luego se verá, pero con lo examinado basta para imaginar la lenta andadura de la obra, fuera por el entrecruzamiento con otros proyectos, por la problematicidad de su estreno, o por un proceso de maduración y escritura (quizá en el salto del primer acto al segundo) que necesitó sencillamente de tiempo.

Lo cierto es que en un momento dado, suponemos que en el verano de 1924, García Lorca escribe el primer acto de *La zapatera* bajo una declarada impronta guiñolesca. En este primer momento de la escritura cabe deducir que la obra carecía de prólogo, pues ni se menciona al Autor, ni es propio que éste resumiera para el público las intenciones de su farsa antes de darla por acabada. Pero mucho más importante es la ausencia en la lista de personajes del Niño, tampoco mencionado en el esbozo. García Lorca debió añadir más adelante las escenas que le corresponden, enriqueciendo de manera sustancial la imagen misma de la Zapatera[9]. Por otro lado, aún se mantiene la figura del Amargo, así como el cierre del acto debía ser distinto del definitivo, ya que la Vecina de Rojo todavía no se ha multiplicado en las varillas de ese abanico de color que son las vecinas definidas igualmente por su traje. La versión autógrafa conservada confirma este distinto y primer final del acto, mera escena de explicaciones entre la protagonista y otras figuras (incluso con bofetada para don Mirlo, por sus pecados de enamorado culposo), pero carente de la pantomima y baile multicolor de las vecinas que tratan de consolar a la desesperada Zapatera.

Hechas estas salvedades, y en especial la ausencia del Niño, de la lista se deduce que el acto escrito se desenvolvía esencialmente en los términos con que ha llegado hasta nosotros. En la versión escénica el Mozo de la Faja sustituyó sin duda al Amargo, ya incorporado al «diálogo», y se añadirían, como fugaces individualizaciones del coro, las hijas de la Vecina Roja, las dos Beatas, que no una, y la Sacristana, resolviéndose el final del modo indicado. Por otra parte, en 1924 el núcleo del segundo acto debía ya haber fraguado en la mente del poeta. Si en el esbozo primitivo había pensado para el Zapatero en el disfraz de un «contrabandista barbudo», con caracterización que se da del mismo modo en la *Tragicomedia,* ahora la imagen del titiritero parece que ya había tomado cuerpo, pues como tal interpreto al Tío del Tatachín. Tan familiar denominación hace alusión onomatopéyica al sonido de un instrumento musical, y en especial a una trompeta. «Un toque de trompeta floreado y comiquísimo» anuncia precisamente la llegada del Za-

9. Doy por sentado, para evitar una confusión como la que se le desliza a J. Forradellas (p. 65), que el niño Amargo y el niño Alcalde de la carta a Fernández Almagro, no son niños por edad, sino en el sentido andaluz y familiar del término, aplicable a cualquier persona con independencia de sus años.

patero disfrazado en la escena del romance. Es posible, por tanto, que el recuerdo del episodio cervantino asomara ya sobre los planes iniciales del autor. Y es significativa en este punto la parcial confusión que en la farsa se produce, al menos entre los personajes de la historia, entre lo que sería un espectáculo de títeres al modo pueblerino, con el usual acompañamiento de animales y la intervención de más de una persona, y el más parco recitado de un romance de ciego, incluso al servicio de las estampas del correspondiente cartel. La aducida confusión nos revela nuevamente, aunque sea a la luz de un aspecto intrascendente en el desarrollo dramático, el notado influjo del pasaje cervantino.

Como hiciera con *Doña Rosita la Soltera,* a la hora de escribir su farsa el poeta tomó el cuidado de documentarse sobre dichos y costumbres, dentro de esa su constante actitud de inspiración realista, luego trascendida y refinada por él según las intenciones de su arte. Bien es cierto que para *La zapatera* prescindió de una documentación histórica al detalle, a la inversa de lo que haría con la comedia de época que es *Doña Rosita.* Para su farsa García Lorca apela a un tiempo que viene a coincidir con los fines del xix, como indica la referencia a los insurrectos de Filipinas, pero igual introduce dos Majas dieciochescas que deja hablar a sus seres teatrales de postales fotográficas o de la Bella Otero, lo que apunta, más bien, a los albores del presente siglo. Estas minucias, ya señaladas por algún crítico puntilloso en el estreno bonaerense, denotan que García Lorca, desentendido de anacronismos, atiende únicamente a revivir un ambiente popular que tiene algo de intemporal, como la misma zapaterilla. Lo que le importa es el alma de su personaje, su reflejo universal de las ilusiones frustradas. El resto, aun cayendo en la simplificación, es coro acompañante, tipos que, más o menos transfigurados, conllevan un arrastre literario y folclórico de antigua procedencia. De ahí que le importe menos fijarlos en los límites exactos de una cronología, tal como hará en *Doña Rosita*.

Ahora bien, si la Zapatera tiene algo de la *señá* Frasquita de *El sombrero de tres picos,* sabemos hoy que García Lorca se inspiró en el lenguaje y ocurrencias de una persona real: Dolores Cebrián, criada de su íntima amiga granadina Emilia Llanos. Era esta Dolores mujer iletrada, antigua cabrera, pero de extraordinario despejo y viveza expresiva, como se desprende de sus recuerdos actuales:

Estando en casa de la señorita me salió un novio. Yo salía a la ventana a pelar la pava. Y ella me oía regañar algunas veces, porque teníamos muchas peleas. Yo le decía a mi novio cuando estaba de «monos»: «Que te vayas, que no vuelvas más, alcatufero, que aunque me dejes, prefiero vestir santos al penacho de tu catalineta diaria de todos los días, condenao». Y otras veces: «Maldita, maldita hora que empecé a hacerte caso; ay, tonta, tonta, con los buenos pretendientes que una ha tenido». Bueno, pues luego la señorita se lo contaba al señorito Federico, que se moría de risa y me decía que iba a sacarme en una comedia que iba a escribir: «Tú vas a ser esa zapatera guapa y prodigiosa de mi comedia». Y por lo visto, sacó aquellos dichos míos: «Garabato de candil, estafermo y chupaletrinas, corremundos y judío colorado». El día que le dije que «había pasado tal sofocación que hasta había crujido la cómoda», las carcajadas de los dos sonaron por toda la Plaza Nueva.

El testimonio es irrecusable. Cuadra perfectamente con las costumbres de García Lorca como ser humano y escritor, y está narrado por una persona que ni sabía ni sabe leer. Por más que recoja casi literalmente algunos giros de *La zapatera,* no hemos de pensar con malicia que han sido aprendidos de memoria por la narradora, sino que el proceso fue más bien al contrario, y esto con independencia de que dicho proceso luego se haya parcialmente invertido. Si todavía quedaran dudas, basta leer el resto de las palabras de Dolo-

res Cebrián. Por su interés para lo que aquí se expone cito
tan sólo un párrafo más:

> Cuando en la televisión oigo a uno que va por los pueblos pregun-
> tando a las gentes las cosas del lugar, me acuerdo del señorito Fe-
> derico, que también le gustaba preguntar a mi Encarna [su herma-
> na] y a mí por las cosas de mi tierra y de mis gentes[10].

*

Mas volvamos de nuevo a los polvillares, que dice el poeta,
de la cronología, pues cabos han quedado sin atar. Durante
la estancia en Nueva York (1929-1930), época en la que escribe su gran libro poético, García Lorca todavía tiene tiempo (y asombrosa capacidad para saltar de un estilo a otro,
tan diferentes entre sí) para volver sobre *La zapatera*. Ángel
del Río, amigo de aquellos días, escribía en 1940 que allí, en
la urbe norteamericana, compone «gran parte de su *Zapatera prodigiosa*». En otro texto del crítico a propósito de
unas fotografías la afirmación resulta indirectamente ate-
nuada. En setiembre de 1929 el poeta pasa una breve temporada con Del Río y su mujer, Amelia Agostini, en una casa de
campo cerca de Shandaken (estado de Nueva York). Evoca
Ángel del Río: «Nos cantaba constantemente canciones en
un piano viejo y desafinado y nos leyó *Don Perlimplín*, que
ya tenía terminado, y partes de *La zapatera prodigiosa*»[11].
Como hemos visto, la obra debía estar ya concluida con an-
telación, lo mismo que la «aleluya erótica». El hecho de que
no la leyera completa, a pesar de su brevedad, sugiere que la

10. Cito por Eulalia-Dolores de la Higuera Rojas, *Mujeres en la vida de
G. L.*, Madrid, 1980, pp. 77-88.
11. Pertenece la primera cita al estudio ya citado de la *Revista Hispánica Moderna*, p. 206; la segunda, al comentario «Fotos de F. G. L. en Nor-
teamérica (1929)», *Papeles de Son Armadans*, CXXIV, julio de 1966, p.
100.

había retomado para corregirla. No se equivoca, por tanto, Ángel del Río al hablar de «escritura». Como profesor y crítico literario, podía prestar una atención apreciativa a la labor del poeta superior a la del mero amigo. No obstante, su primera afirmación tiene todos los visos de pecar de hiperbólica, tanto si la examinamos a la luz de los datos cronológicos ya considerados como si procedemos al atento análisis del autógrafo de la farsa. Puesto que me referiré a este punto en mis notas al texto, quede únicamente dicho que la revisión de *La zapatera* en la etapa neoyorquina debió estar reducida a unas pocas escenas del primer acto.

Es probable, de todos modos, que García Lorca leyera ya toda la obra a un grupo de amigos durante aquellos meses. Herschel Brickell menciona una lectura nocturna de una pieza teatral[12]. Vencido por un sueño despiadado, Brickell sólo conservaba un borroso recuerdo, según él mismo relata. La obra leída, aventura, quizá fuera *Yerma*. Esto es, sin embargo, imposible, pues *Yerma* no fue iniciada hasta 1931. Debió tratarse, más bien, de *La zapatera,* que como la tragedia citada desarrolla un carácter femenino en un papel protagónico. Si la confusión resulta difícil de admitir desde nuestra falseadora perspectiva, debieron aliarse para hacerla posible el abrazo de Morfeo y el no seguro dominio del español por parte del oyente. El hilo que quedó prendido en su memoria parece conducirnos, por tanto, a *La zapatera*. La confusión con *Don Perlimplín* o con la *Tragicomedia* resulta mucho más improbable, entrando fuera de consideración una lectura de *Mariana Pineda,* drama ya estrenado y ajeno a los nuevos planteamientos teatrales de García Lorca en aquel momento.

Ha de hablarse todavía de una revisión «definitiva», aunque no la última, de la obra. Debió realizarla el poeta con motivo de la preparación del estreno madrileño en 1930, acaso a partir de la copia mecanográfica del texto manuscrito. Es entonces seguramente cuando añade el prólogo, exposición de motivos, teoría teatral e implicación del público espectador en el conflicto que se le va a ofrecer. La conversión del Autor en un prestidigitador, que saldría a escena con una capa de estrellas, la relación que se expone entre realidad y misterio, fantasía o prodigio apuntan claramente a un ámbito próximo al de *El público,* obra cuyo borrador se inicia en La Habana (1930). A su vez, García Lorca debió acentuar en esta revisión el papel del coro mediante la creación de la multiplicidad de vecinas con sus trajes de color. En entrevista previa al estreno explicará que el coro es «la voz de la conciencia, de la religión, del remordimiento (...), algo tan profundamente teatral que su exclusión no la concibo». De este modo, vecinas, beatas, curas y pueblo, sobre cuya presencia en la obra algún crítico se ha preguntado, son la masa coral que, aun desprovista de palabra, observa y reprueba el comportamiento de la protagonista, ya sea con murmullos o con su sola presencia en los momentos límite. Voz coral, no individualizada, llegaría a adquirir esta masa en la versión última de la farsa. Con un papel semejante al de los coros trágicos, a los que tanta importancia dará García Lorca, el abigarrado grupo cumple una función de primera importancia. La Zapatera no está sola, sino rodeada, cuando la abandona su marido, de «un cinturón de espinas y carcajadas», como dijo el poeta a propósito del estreno bonaerense. Es la aludida pendiente trágica en la que la obra se detiene. Para hacerla más ilusoriamente real, a instantes el escenario se puebla de sonidos que llegan de un espacio exterior, ya sean las voces que cantan las mordientes coplas dirigidas a la protagonista o, en otros momentos, los gritos asustados que rodean la pelea de los mozos. Más aún: la farsa se inicia con la violenta discusión que la Zapatera sostiene con unas vecinas invisibles, la riña ya empezada antes de que se alce el telón. Del mismo modo, contesta a palabras que no llegan hasta el escenario –ni, por tanto, hasta el público–, bien la lejana réplica del pastor que conduce su rebaño por la calle, bien el saludo de un transeúnte anónimo, ella puesta a la ventana. De este modo, el espacio escénico se agranda, desde el interior de la zapatería o taberna, para hacernos presente el rumor de todo el pueblo. Así, sin temor a mentir, podemos afirmar que el coro se constituye incluso con personajes que carecen de voz y de presencia escénica.

*

Tal vez no sea inoportuno preguntarnos ahora sobre el adjetivo con que el poeta calificó su farsa: violenta. Dos días después del estreno, que tuvo lugar el 24 de diciembre de 1930 en el teatro Español, E. Díez-Canedo señalaba en su crítica de *El Sol* el ascendiente guiñolesco de la obra, «expresada con desenfado y gracia que no eluden, como en el guiñol verdadero, los desenlaces de situación a palo limpio». Sin duda es excesivo aplicar al mundo de *La zapatera* la ley del «garrotazo y tentetieso», propia del teatro de cristobicas. Quizá el crítico estaba influido por su conocimiento, que ha de suponerse, de la aún no estrenada *Tragicomedia de Don Cristóbal*. Y, sin embargo, es cierto que la farsa está concebida con una nerviosa fluidez de lenguaje y situaciones que recuerdan el rápido movimiento de los muñecos. Los seres de la fábula, en su ironizada estilización, se inclinan hacia un plano de ese tipo, especialmente en algunos de los momentos dramáticos. Cabría señalar, por ejemplo, el llanto de muñeca de resorte que la desesperada Zapatera exhibe al fin del primer acto. Sin embargo, el ballet de vecinas en torno a ella sería impensable en un teatrillo de guiñol. Un sí es no es de los muñecos queda, por tanto, en *La zapatera,* pero no lo suficiente para justificar el calificativo comentado. Hemos de indagar, pues, en otra dirección.

Si se lee con atención el texto que el propio autor escribió en 1933 para presentar su obra, percibimos que la *violencia* no puede radicar sólo en «el grito cómico y el humor» que se levantan sobre la que él define como «esta fábula casi vulgar con su realidad directa, donde yo quise que fluyera un invisible hilo de poesía». El lado violento procede de la *lucha* del personaje central con la realidad que la cerca, lucha sobre la que García Lorca insiste y había insistido ya en su prólogo: «En todos los sitios late y anima la criatura poética que el autor ha vestido de zapatera con aire de refrán o simple romancillo, y no se extrañe el público *si aparece violenta o toma actitudes agrias,* porque ella lucha siempre, lucha con la realidad que la cerca y lucha con la fantasía cuando ésta se hace realidad visible». Es, una vez más, el lado trascendente y quijotesco del personaje, aquel que la crítica de la época apenas supo ver, a pesar de que el autor lo declarara una y otra vez. No es casual que en la presentación de Buenos Aires hablara de su «zapaterilla loca», con adjetivo que denota una clara filiación.

Como digo, pocos críticos advirtieron este aspecto, prendidos en la gracia y brillante comicidad de la farsa. En su citada crítica de 1930 Díez-Canedo habla de una «exploración sentimental, sin pretensiones de mayor hondura», no obstante lo acertado del resto de sus observaciones. Así, desde su mirador de profesional de la crítica teatral, advierte la vuelta a las fuentes de la tradición que *La zapatera* suponía, más su carácter de protesta y evasión ante el repertorio de ineficaces artificios retóricos de común uso, dentro de una labor de depuración semejante a la que realizaron con la comedia italiana Gozzi y Goldoni. Con tácita alusión a Arniches, tan proclive a la predicación, aplaude también el que García Lorca no desenlazara su obra con la socorrida lección moral de una comedia blanca, sino que sostuviera a sus personajes, de final a comienzo, en el mismo arranque psicológico que les da entidad dramática desde el principio de la intriga. Por su parte, una breve reseña de la revista *Tararí* (núm. 11, 1-I-1931) menciona la «gentil y perfumada –tan finamente complicada y humana también– *Zapatera prodigiosa*», en tanto que Guillermo Díaz-Plaja advierte con tino en *Mirador* (15-I-1931) que en la pieza lorquiana, «estampa de romanço popular», se produce «un procés de desdoblament psicològic que ès ben interessant i ben d'avui».

Olvidados ya los fugaces estrenos anteriores, el García Lorca que estrenaba comedia en el Español venía de la mano de una gran actriz, Margarita Xirgu[13], con la que colaboraba un grupo de teatro de ensayo, El Caracol, dirigido por Cipriano Rivas Cherif. La representación, por tanto, tenía algo de aventura teatral. El programa del estreno habla claramente de «representaciones excepcionales del "Caracol"» y de una «primera sesión experimental», en la que *La zapatera* se representó como cierre de espectáculo. Éste se iniciaba con *El príncipe, la princesa y su destino,* calificado como «Diálogo fabuloso de la China medieval»[14]. Figurines y decorado de la farsa fueron diseñados por García Lorca, quien también siguió intensamente los ensayos, actuando en realidad como director escénico. El poeta era en ese momento fundamentalmente conocido por su *Romancero gitano,* pero de ningún modo estaba afianzado ante el público como dramaturgo, a pesar del estreno, tres años antes, de *Mariana Pineda.* El de *La zapatera prodigiosa* se constituía en parte, al menos para los más atentos, en prueba de fuego del poeta dramático ante el público madrileño. En realidad, el triunfo

13. El poeta ofreció primero a la Xirgu *Así que pasen cinco años,* pero ésta prefirió estrenar *La zapatera. Vid.* Antonina Rodrigo, *Margarita Xirgu y su teatro,* Barcelona, 1974, pp. 167-169.
14. Reproduce el programa J. Comincioli, *F. G. L.,* Lausanne, 1970, p. 200.

pleno del teatro lorquiano no se producirá hasta su presentación en Buenos Aires, ya de la mano de Lola Membrives.

Antes de esta etapa ha de mencionarse una reposición madrileña de *La zapatera,* en escenificación que realiza un grupo de aficionados, el Club Teatral de Cultura, bautizado por el poeta como Club Anfistora. La representación contaba con el aliciente del riguroso estreno de *Amor de Don Perlimplín con Belisa en su jardín,* «aleluya erótica», y tuvo lugar el 5 de abril de 1933. De acuerdo con el programa de mano para el acto, éste se presentaba como «gran función de gala en honor de Federico García Lorca». Ya había subido a un escenario *Bodas de sangre* y el poeta apoyaba con todo su entusiasmo, como venía haciendo con La Barraca, la labor renovadora del Club Teatral, a cuyo frente estaba Pura Maortua de Ucelay. El programa documenta la definición dada por el autor a su obra –«farsa violenta en un prólogo y dos actos»– e indica que «canciones, decoraciones y trajes» eran también obra suya. Asimismo, se indica que el prólogo sería recitado por el propio García Lorca, cuyo nombre aparece en el reparto. El papel de la Zapatera estaba animado por una actriz no profesional, Pilar de Bascarán, y el del Niño dicho por la niña Matilde Hernández, cuya seguridad y desparpajo elogiarán las reseñas aparecidas en la prensa. Es de señalar sobre este último punto que el papel del Niño fue siempre, en todas las representaciones realizadas en vida del poeta, encarnado por una actriz niña. La citada ya había actuado en la representación de 1930.

El 1 de diciembre de 1933 se estrena en Buenos Aires, por la compañía de Lola Membrives, *La zapatera prodigiosa.* Para entonces el poeta había triunfado en la ciudad con sus conferencias y con *Bodas de sangre,* a pesar de tratarse de una temporada de verano, menos propicia para el teatro. *La zapatera* superó las cincuenta representaciones y tuvo gran éxito de público y crítica. El día del estreno, siguiendo su costumbre, García Lorca dijo el prólogo y, para dar el tono milagroso de lo poético, dejó escapar de su sombrero de copa una paloma blanca al terminar sus palabras. Había anunciado en una entrevista el mismo día:

Ya verán ustedes las cosas que sucederán en *La zapatera prodigiosa*. Sucederá lo que tiene que suceder y lo que no tiene, lo que le da la gana de suceder en un escenario a donde se lleva la vida, llena de sorpresas, de incongruencias y de romances. ¿Que por qué haré lo que voy a hacer? Digan lo que digan, si algo ocurre a mi sombrero, si se me ocurre soltar algo, pongamos una frase, una metáfora, que no viene al caso, ¿qué importa? Eso está dentro de lo que las masas pueden atrapar sin explicárselo, con sólo sentirlo; está en la poesía, en la poesía de teatro para la gente, que yo quiero hacer. Poesía de teatro.

De acuerdo con las declaraciones de aquellos días, el poeta renueva profundamente el texto y concepción de la farsa, orientándola hacia la comedia musical. En una línea que culminará en *Doña Rosita*, la antigua pieza queda convertida en «farsa violenta con bailes y canciones populares de los siglos XVIII y XIX», clasificación, sin duda del autor, que cita entrecomillada una reseña de *Il Mattino d'Italia* (2-XII-1933). García Lorca declara de manera contundente:

Esta versión que da Lola Membrives de mi farsa es la perfecta, la que yo quiero. En ella hay música y bailes que no me fue posible poner cuando el estreno en España.

Sin nombrarla directamente, se refería a Margarita Xirgu, dando a entender que los añadidos musicales quedaron retraídos, sin posibilidad de desarrollo, en la versión de 1930. La razón, según ha esclarecido Francisco García Lorca, pendía de las distintas aptitudes de las dos actrices. Lola Membrives poseía facultades de cantante y bailarina, probadas en su primera formación teatral, que no poseía la Xirgu,

dicho sea esto al margen de las calidades de la actriz catalana. Lo cierto es que el poeta pudo dar un giro sustancial a su
obra, haciendo de ella una «pantacomedia», como declara
con humor:

Yo hubiera clasificado a *La zapatera prodigiosa* como «pantacomedia», si la palabra no me sonara a farmacia... Y es que, como ustedes han podido ver, la obra es casi un «ballet», es una pantomima
y es una comedia al mismo tiempo.

Con claro deslumbramiento así lo entendió la crítica bonaerense. En coincidencia con apreciaciones de última
hora, advertía una reseña anónima: «Estamos ante un espectáculo delicado, verdadera joyita teatral, que tal vez debiera tener por críticos a poetas, músicos y pintores». El crítico titulaba su crónica de modo erróneo, pero sintomático
ante algunos rasgos de la farsa: «Aplaudióse *La zapatera
prodigiosa,* estampa del XVIII español, de García Lorca» (*La
Razón,* 2-XII-1933). Y en apoyo del último punto de su cita
es preciso notar que, si el decorado y figurines se debían a
Manuel Fontanals, la concepción colorística de la representación estaba inscrita en la misma obra y visión escénica del
poeta.

Esta «nueva versión», y así se ha de especificar en los programas, se repone finalmente en Madrid el 18 de marzo de
1935. La Membrives, antigua tiple de zarzuela, al decir de
Arturo Mori (*El Liberal,* 19-III-35), triunfó de nuevo plenamente. En las páginas de *La Voz,* también del día 19, Díez-
Canedo evocaba el estreno de cinco años atrás, reafirmándose en sus opiniones de entonces, y observando que la farsa, en su nueva versión, se constituía en «modelo que hasta
ahora sólo tiene equivalencia en algún ballet de Manuel de
Falla». Frente a otras creaciones del autor de distinta intención y técnica, como *Bodas de sangre* y *Yerma,* definía a *La
zapatera* como «obra maestra en su rango». Matizaba con fi-

nura idéntica opinión Antonio Espina desde *El Sol,* en la misma fecha indicada:

Todo en esta farsa del autor de *Yerma* y de *Bodas de sangre* tiene un aire de «ballet» contenido. Un «ballet» sobrio de líneas como corresponde al estilo profundo del poeta, cuya naturaleza –la del estilo– no es distinta en aquellas obras de alto rango artístico y en esta obra de factura ligera, mas también modelo acabado de un tipo exquisito de teatro.

La zapatera prodigiosa seguiría su camino tras la muerte del autor en 1936. Es de interés, sin embargo, recoger un último dato. En abril de ese año, García Lorca autoriza a la hispanista francesa Mathilde Pomès la traducción de su obra. Muy en su estilo, firma la autorización y cesión de los derechos correspondientes con unas líneas manuscritas que ocupan lo alto de una hoja suelta; debajo, traza de modo esquemático el dibujo de una figura femenina sobre un doble fondo escénico en el que un letrero de «ZAPATOS» cuelga sobre una puerta de arco y cortina recogida al medio. Es éste el último figurín y esbozo escénico que sobre su heroína teatral realizó el poeta[15]. Pocos meses después, ya García Lorca en Granada, la traducción estaba hecha, según declararía la interesada[16]. Incluso había sido ofrecida a Baty, director del teatro Montparnasse, quien estimó que la farsa carecía de «color español». Al parecer, *Carmen* todavía seguía causando estragos. M. Pomès indicaba que iba a ofrecer la obra a Jouvet, «restaurador del teatro poético en Francia».

MARIO HERNÁNDEZ

15. Lo reproduce a tamaño reducido M. Pomès en su epílogo a F. G. L., *Romancero gitan. Poème du cante jondo, Chant funèbre pour Ignacio Sánchez Mejías,* Le Club du Meilleur Livre, s. l., 1959, p. 151.
16. *Vid.* «Universidad Internacional. Mathilde Pomès habla de la mujer española, del arte de traducir, de los novelistas y de los poetas españoles», *El Sol,* 19 de julio, 1936.

I. La zapatera prodigiosa

Farsa violenta con bailes y canciones
populares de los siglos XVIII y XIX
en dos partes, con un solo intervalo

Personajes

ZAPATERA
VECINA ROJA
[HIJAS DE LA VECINA ROJA]
VECINA MORADA
VECINA NEGRA
VECINA VERDE
VECINA AMARILLA
[VECINA AZUL]
BEATA PRIMERA
BEATA SEGUNDA
[GITANILLA PRIMERA]

[GITANILLA SEGUNDA]
SACRISTANA
[DOS MAJAS]
EL AUTOR
ZAPATERO
EL NIÑO
ALCALDE
DON MIRLO
MOZO DE LA FAJA
MOZO DEL SOMBRERO

Vecinos, beatas, curas y pueblo.

Prólogo

(Sobre cortina gris aparece el AUTOR. *Sale rápidamente y lleva una carta en la mano.)*

Respetable público... *(Pausa.)* No, respetable público no; público solamente; y no es que el autor no considere al público respetable (todo lo contrario), sino que detrás de esta palabra hay como un delicado temblor de miedo y una especie de súplica para que el auditorio sea generoso con la mímica de los actores y el artificio del ingenio. El poeta no pide benevolencia, sino atención, una vez que ha saltado hace mucho tiempo la barra espinosa de miedo que los autores tienen a la sala. Por este miedo absurdo, y por ser el teatro en muchas ocasiones una finanza, la poesía se retira de la escena en busca de otros ambientes donde la gente no se asuste de que un árbol, por ejemplo, se convierta en una rosa de humo, y de que tres panes y tres peces, por amor de una mano y una palabra, se conviertan en tres mil panes y tres mil peces para calmar el hambre

45

de una multitud... Pudo el autor llevar los personajes de
esta pantomima detrás de las rocas y el musgo donde
vagan las criaturas de la tragedia, pero ha preferido
poner el ejemplo dramático en el vivo ritmo de una zapatería popular. Teatrillo donde la zapatera prodigiosa será para la sala como el ojo quebrado y repetido
mil veces en el prisma de aire tranquilo que guarda el
corazón de cada espectador. En todos los sitios late y
anima la criatura poética que el autor ha vestido de
zapatera con aire de refrán o simple romancillo, y no
se extrañe el público si aparece violenta o toma actitudes agrias, porque ella lucha siempre, lucha con la realidad que la cerca, y lucha con la fantasía cuando ésta
se hace realidad visible. Encajada en el límite de esta
farsa vulgar, atada a la anécdota que el autor le ha im-
puesto, y amiga de gentes que no tienen más misión
que expresar el traje que llevan encima, la zapatera va
y viene, enjaulada, buscando su paisaje de nubes du-
ras, de árboles de agua, y se quiebra las alas contra las
paredes.
El poeta pide perdón a las musas por haber transigido
en esta prisión de la zapaterilla por intentar divertir a
un grupo de gentes, pero les promete en cambio, más
adelante, abrir los escotillones de la escena para que
vuelvan a salir las copas falsas, el veneno, las bibliote-
cas, las sombras y la luna fingida del verdadero teatro.

(Se oyen las voces de la ZAPATERA.)

Ya voy, no tengas tanta impaciencia en salir; no es un
traje de larga cola y plumas inverosímiles el que sacas,
sino un traje barato, ¿lo oyes?, un traje de zapatera...
Aunque, después de todo, tu traje y tu lucha será el

traje y la lucha de cada espectador sentado en su butaca, en su palco, en su entrada general, donde te agitas,
grande o pequeña, con el mismo ritmo desilusionado... ¡Silencio!

> *(Se descorre la cortina y aparece el decora-
> do con tenue luz.)*

También amanece así todos los días sobre los campos
y las ciudades, y el público olvida su medio mundo de
sueños para entrar en los mercados como tú en tu
casa, en la escena, zapaterilla prodigiosa... *(Va cre-
ciendo la luz.)* ¡A empezar! Tú llegas de la calle...

> *(Se oyen las voces que pelean. Al público.)*

Buenas noches.

> *(Se quita el sombrero de copa y éste se ilu-
> mina por dentro con una luz verde: el AU-
> TOR lo inclina y sale de él un chorro de
> agua. El AUTOR mira un poco cohibido al
> público y se retira de espaldas lleno de iro-
> nía.)*

Ustedes perdonen... *(Sale.)*

Una escena de la farsa La zapatera prodigiosa, *obra del ilustre poeta García Lorca, estrenada con excelente éxito en el teatro Español y en la serie de obras de teatro ensayista que organiza, con gran acierto, Rivas Cherif.*

Final del acto primero. Representación de 1930,
con Margarita Xirgu.

Acto primero

Casa del Zapatero. Banquillo y herramientas. Habitación completamente blanca. Gran ventana y puerta. El foro es una calle también blanca, con algunas puertecillas y ventanas en gris. A derecha e izquierda, puertas. Toda la escena tendrá un aire de optimismo y alegría exaltada en los más pequeños detalles. Una suave luz naranja de media tarde invade la escena.

Al levantarse el telón la ZAPATERA *viene de la calle, toda furiosa, y se detiene en la puerta. Viste un traje verde rabioso y lleva el pelo tirante, adornado con dos grandes rosas. Tiene un aire agreste y dulce al mismo tiempo.*

ESCENA 1.ª

La ZAPATERA *y luego un* NIÑO.

ZAPATERA *(En voz alta.)*

Cállate, larga de lengua, penacho de catalineta, que si

49

yo lo he hecho..., si yo lo he hecho ha sido por mi propio gusto... Si no te metes dentro de tu casa te hubiera
arrastrado, viborilla empolvada. Y esto lo digo para
que me oigan todas las que están detrás de las ventanas..., que más vale estar casada con un viejo, que con
un tuerto, como tú estás. Y no quiero más conversación ni contigo ni con nadie, ni con nadie, ni con nadie. *(Entra dando un fuerte portazo.)* Ya sabía yo que
con esta clase de gente no se podía hablar ni un segundo... Pero la culpa la tengo yo, yo y yo..., que debí estarme en mi casa con ... (casi no quiero creerlo) con mi
marido... ¡Quién me hubiera dicho a mí, rubia con los
ojos negros (que hay que ver el mérito que esto tiene),
con este talle y estos colores tan hermosísimos, que
me iba a ver casada con... ¡me tiraría del pelo! *(Llora.
Llaman a la puerta.)* ¿Quién es? *(No responden y llaman otra vez.)* ¿Quién es? *(Enfurecida.)*

NIÑO *(Temerosamente.)*
Gente de paz.

ZAPATERA *(Abriendo.)*
¿Eres tú? *(Melosa y conmovida.)*

NIÑO
Sí, señora Zapaterita. ¿Estaba usted llorando?

ZAPATERA
No, es que un mosco de esos que hacen piiiii, me ha pi-
cado en este ojo.

NIÑO
¿Quiere usted que le sople?

ZAPATERA

No, hijo mío, ya se me ha pasado. *(Lo acaricia.)* ¿Y qué es lo que quieres?

NIÑO

Vengo con estos zapatos de charol (costaron cinco duros), para que los arregle su marido. Son de mi hermana la grande, la que tiene el cutis fino y se pone dos lazos, que tiene dos, un día uno y otro día otro, en la cintura.

ZAPATERA

Déjalos ahí, ya los arreglarán.

NIÑO

Dice mi madre que tengan cuidado de no darles muchos martillazos, que el charol es muy delicado, para que no se estropee el charol.

ZAPATERA

Dile a tu madre que ya sabe mi marido lo que tiene que hacer, y que así supiera ella aliñar con laurel y pimienta un buen guiso, como mi marido componer zapatos.

NIÑO *(Haciendo pucheros.)*

No se disguste usted conmigo, que yo no tengo la culpa y todos los días estudio muy bien la gramática.

ZAPATERA *(Dulce.)*

¡Hijo mío! ¡Prenda mía! ¡Si contigo no es nada! *(Lo besa.)* Toma este muñequito. ¿Te gusta? Pues llévatelo.

NIÑO

Me lo llevaré, porque como yo sé que usted no tendrá nunca niños...

ZAPATERA
    ¿Quién te dijo eso?

NIÑO
    Mi madre lo hablaba el otro día, diciendo: «La Zapate-
    ra no tendrá hijos». Y se reían mis hermanas y mi co-
    madre Rafaela.

ZAPATERA (*Nerviosísima.*)
    ¿Hijos? Puede que los tenga más hermosos que todas
    ellas, y con más arranque y más honra, porque tu ma-
    dre..., es menester que sepas...

NIÑO
    Tome usted el muñequito. ¡No lo quiero!

ZAPATERA (*Reaccionando.*)
    No, no, guárdalo, hijo mío... ¡Si contigo no es nada!

                          ESCENA 2.ª

Dichos. Aparece por la izquierda el ZAPATERO. *Viste traje
de terciopelo con botones de plata, pantalón corto y corbata
        roja. Se dirige al banquillo.*

ZAPATERO
    ¡Válgate Dios!

NIÑO (*Asustado.*)
    ¡Ustedes se conserven bien! ¡Hasta la vista! Que sea en-
    horabuena. ¡Deo gratias! (*Sale corriendo por la calle.*)

ZAPATERA

Adiós, hijito. Si hubiera reventado antes de nacer, no estaría pasando estos trabajos y estas tribulaciones. ¡Ay dinero, dinero, sin manos y sin ojos debería haberse quedado el que te inventó!

ZAPATERO *(En el banquillo.)*

Mujer... ¿qué estás diciendo?

ZAPATERA

Lo que a ti no te importa.

ZAPATERO

A mí no me importa nada de nada. Ya sé que tengo que aguantarme.

ZAPATERA

También me aguanto yo... Piensa que tengo dieciocho años.

ZAPATERO

Y yo... cincuenta y tres. Por eso me callo y no me disgusto contigo... ¡Demasiado sé! Trabajo para ti... y sea lo que Dios quiera.

ZAPATERA *(Está de espaldas a su marido y se vuelve y avanza, tierna y conmovida.)*

Eso no, hijo mío..., ¡no digas!

ZAPATERO

Pero, ¡ay, si tuviera cuarenta años o cuarenta y cinco siquiera! *(Golpea furiosamente un zapato con el martillo.)*

ZAPATERA *(Enardecida.)*
Entonces yo sería tu criada, ¿no es esto? Si una no puede ser buena... ¿Y yo? ¿Es que yo no valgo nada?

ZAPATERO
Mujer, ¡repórtate!

ZAPATERA
¿Es que mi frescura y mi cara no valen todos los dineros de este mundo?

ZAPATERO
Mujer..., ¡que te van a oír los vecinos!

ZAPATERA
¡Maldita hora..., maldita hora en que le hice caso a mi compadre Manuel!

ZAPATERO
¿Quieres que te eche un refresquito de limón?

ZAPATERA
¡Ay tonta, tonta, tonta! *(Se golpea la frente.)* Con tan buenos pretendientes como yo he tenido.

ZAPATERO *(Queriendo suavizar.)*
Eso dice la gente.

ZAPATERA
¿La gente? Por todas partes se sabe. Lo mejor de estas vegas. Pero el que más me gustaba a mí de todos era Emiliano... Tú lo conociste... ¡Emiliano, que venía montado en una jaca negra llena de borlas y espejitos,

con una varilla de mimbre en su mano y las espuelas
de cobre reluciente! ¡Y qué capa traía por el invierno!
¡Qué vueltas de pana azul y qué agremanes de seda!

ZAPATERO

Así tuve yo una también...; ¡son unas capas preciosísi-
mas!

ZAPATERA

¡Tú qué ibas a tener! Pero, ¿por qué te haces ilusiones?
Un zapatero no se ha puesto en su vida una prenda de
esa clase...

ZAPATERO

Pero, mujer, ¿no estás viendo?...

ZAPATERA *(Interrumpiéndole.)*

También tuve otro pretendiente... *(El* ZAPATERO *golpea fuertemente el zapato.)* Aquél era medio señorito... Tendría dieciocho años. ¡Se dice muy pronto: dieciocho años!, ¡dieciocho años! *(El* ZAPATERO *se revuel-
ve inquieto.)*

ZAPATERO

También los tuve yo.

ZAPATERA

Tú no has tenido en tu vida dieciocho años... Aquél sí
que los tenía ... Y me decía unas cosas... Verás...

ZAPATERO *(Golpeando furioso.)*

¿Te quieres callar? Eres mi mujer, quieras o no quieras,
y yo soy tu esposo. Estabas pereciendo, sin camisa ni

hogar. ¿Por qué me has querido? ¡Fantasiosa! ¡Fantasiosa! ¡Fantasiosa!

ZAPATERA *(Levantándose.)*

¡Cállate! No me hagas hablar más de lo prudente y
ponte a tu obligación. ¡Parece mentira! *(Dos* VECINAS
con mantilla cruzan la ventana sonriendo.) ¿Quién me
lo iba a decir, ¡viejo pellejo!, que me ibas a dar tal
pago? ¡Pégame si te parece, anda, tírame el martillo!

ZAPATERO

¡Ay mujer, no me des escándalos, mira que viene la
gente!... ¡Ay, Dios mío!

(Las dos VECINAS *vuelven a cruzar.)*

ZAPATERA

Yo me he rebajado, ¡tonta, tonta, tonta! Maldito sea mi
compadre Manuel, malditos sean los vecinos, ¡tonta,
tonta, tonta! *(Mutis, dándose golpes en la cabeza.)*

ESCENA 3.ª

ZAPATERO, VECINA ROJA y NIÑO.

ZAPATERO *(Mirándose en un espejito y contándose las
arrugas.)*

Una, dos, tres, cuatro... y mil. *(Mete el espejo.)* Pero me
está muy bien empleado, sí señor, porque vamos a ver:
¿por qué me habré casado? Yo debí haber comprendi-

do, después de leer tantas novelas, que las mujeres les gustan a todos los hombres, pero todos los hombres no les gustan a todas las mujeres. ¡Con lo bien que yo estaba! Mi hermana, mi hermana tiene la culpa, mi hermana que se empeñó: «Que si te vas a quedar solo», que si qué sé yo. Y esto es mi ruina. ¡Mal rayo parta a mi hermana que en paz descanse! *(Fuera se oyen voces.)* ¿Qué será?

VECINA ROJA *(En la ventana y con gran brío. La acompañan sus* HIJAS, *vestidas del mismo color.)*
¡Buenas tardes!

ZAPATERO *(Rascándose la cabeza.)*
¡Buenas tardes!

VECINA ROJA
Dile a tu mujer que salga. Niñas, ¿queréis no llorar más?... ¡Que salga, a ver si por delante de mí casca tanto como por detrás!

ZAPATERO
¡Ay vecina de mi alma, no me dé usted escándalos, por los clavitos de Nuestro Señor! ¿Qué quiere usted que yo le haga? Pero comprenda mi situación... Toda la vida temiendo casarme, porque casarse es una cosa muy seria, y a última hora ya lo está usted viendo...

VECINA ROJA
¡Qué lástima de hombre! Cuánto mejor le hubiera ido a usted casado con gente de su clase..., estas niñas, pongo por caso, u otras del pueblo...

ZAPATERO

Y mi casa no es casa, ¡es un guirigay!

VECINA ROJA

¡Se arranca el alma! ¡Tan buenísima sombra como ha
tenido usted toda la vida!

ZAPATERO *(Mira por si viene su mujer.)*

Anteayer, mi mujer despedazó el jamón que teníamos
guardado para estas Pascuas y nos lo comimos entero.
Ayer estuvimos todo el día con unas sopas de huevo y
perejil; bueno, pues porque protesté de esto, me hizo
beber tres vasos seguidos de leche sin hervir.

VECINA ROJA

¡Qué fiera!

ZAPATERO

Así es, vecinita de mi corazón, que le agradecería en el
alma que se retirase.

VECINA ROJA

¡Ay, si viviera su hermana! Aquélla sí que era...

ZAPATERO

Ya ves... Y de camino llévate tus zapatos, que están
arreglados.

> *(Por la puerta de la izquierda asoma la
> ZAPATERA, que detrás de la cortina espía
> sin ser vista.)*

VECINA ROJA *(Mimosa.)*

¿Cuánto me vas a llevar por ellos? Los tiempos van
cada vez peor.

ZAPATERO
Lo que tú quieras... Ni que tire por allí, ni que tire por aquí...

VECINA ROJA *(Dando con el codo a sus HIJAS.)*
¿Está bien con dos pesetas?

ZAPATERO
Tú dirás...

VECINA ROJA
Vaya..., te daré una...

ZAPATERA *(Saliendo furiosa.)*
¡Ladrona! *(Las mujeres chillan y se asustan.)* ¿Tienes valor de robar a este hombre de esa manera? ¡Y tú dejarte robar! ¡Vengan los zapatos! Mientras no des por ellos diez pesetas, aquí se quedan.

VECINA ROJA
¡Lagarta! ¡Lagarta!

ZAPATERA
¡Mucho cuidado con lo que estás diciendo!

NIÑAS
¡Ay, vámonos, vámonos, por Dios!

VECINA ROJA
¡Bien despachado vas de mujer! ¡Que te aproveche!

(Se van rápidamente.)

ESCENA 4.ª

ZAPATERO y ZAPATERA.

ZAPATERO
Escúchame un momento. *(Cerrando la ventana.)*

ZAPATERA *(Recordando.)*
Lagarta..., lagarta... ¿Qué me vas a decir?

ZAPATERO
Mira, hija mía, toda mi vida ha sido en mí una verdadera preocupación evitar el escándalo. *(El* ZAPATERO
traga constantemente saliva.)

ZAPATERA
¿Pero tienes el valor de llamarme escandalosa cuando
he salido a defender tu dinero?

ZAPATERO
Yo no te digo más que he huido de los escándalos
como las salamanquesas del agua fría.

ZAPATERA
¡Salamanquesas! ¡Huy, qué asco!

ZAPATERO *(Armado de paciencia.)*
Me han provocado, me han *(a veces)* hasta insultado,
y no teniendo ni tanto así de cobarde, he quedado con
mi alma en mi almario por el miedo de verme rodeado de gentes y llevado y traído por comadres y desocu-

pados. De modo que ya lo sabes. ¿He hablado bien?
Ésta es mi última palabra.

ZAPATERA

Pero vamos a ver, ¿a mí qué me importa todo eso? Me
casé contigo, ¿no tienes la casa limpia?; ¿no comes?;
¿no te pones cuellos y puños que en tu vida te los habías puesto?; ¿no llevas tu reloj tan hermoso con cade-
na de plata y venturinas, al que doy cuerda todas las
noches? ¿Qué más quieres? Porque yo todo menos es-
clava. Quiero hacer siempre mi santa voluntad.

holy will

ZAPATERO

No me digas... Tres meses llevamos casados, yo que-
riéndote... y tú poniéndome verde. ¿No ves que ya no
estoy para bromas?

ZAPATERA *(Seria y como soñando.)*

Queriéndome..., queriéndome... Pero... ¿qué es eso de
queriéndome? ¿Qué es queriéndome?

ZAPATERO

Tú te creerás que yo no tengo vista y tengo. Sé lo que
haces y lo que no haces..., y ya estoy colmado, ¡hasta
aquí!

filled

ZAPATERA *(Fiera.)*

Pues lo mismo se me da a mí que estés colmado como
que no estés, porque tú me importas tres pitos, ¡ya lo
sabes! *(Llora.)*

ZAPATERO

¿No puedes hablarme un poquito más bajo?

ZAPATERA

Merecías por tonto que colgara la calle a gritos.

ZAPATERO

Afortunadamente creo que esto se acabará pronto, porque yo no sé cómo tengo paciencia.

ZAPATERA

Hoy no comemos... De manera que ya te puedes buscar la comida por otro sitio. (*La* ZAPATERA *entra rápidamente, hecha una furia.*)

ZAPATERO (*Sonriendo.*)

Mañana quizás la tengas que buscar tú también. (*Se va al banquillo.*)

VECINAS 1.ª Y 2.ª

Que salga usted, mozo...

VECINAS 3.ª Y 4.ª

Que salga usted, mozo...

VECINAS 1.ª Y 2.ª

Que salga usted, mozo...

VECINAS 3.ª Y 4.ª

Que salga usted, mozo...

TODAS

Porque me han dicho
que la Zapatera
quiere tirarle
dentro del pozo.

VECINAS 3.ª Y 4.ª

>Señor Zapatero...

VECINAS 1.ª Y 2.ª

>Señor Zapatero...

VECINAS 3.ª Y 4.ª

>Señor Zapatero...

VECINAS 1.ª Y 2.ª

>Salga usted pronto.

TODAS

>Que la Zapatera
>lleva navaja
>de fino acero.

VECINAS 1.ª Y 2.ª

>Que salga usted, mozo...

VECINAS 3.ª Y 4.ª

>Que salga usted, mozo...

VECINAS 1.ª Y 2.ª

>Que salga usted, mozo...

VECINAS 3.ª Y 4.ª

>Que salga usted, mozo...

TODAS

>Deje su casa,
>con ole, con ole,
>aire de aire,
>¡pieles de toro!

ESCENA 5.ª

Por la puerta central aparece el ALCALDE. *Viste de azul oscuro, gran capa y larga vara de mando rematada con cabos de plata. Habla despacio y con gran sorna.*

ALCALDE
  ¿En el trabajo?

ZAPATERO
  En el trabajo, señor Alcalde.

ALCALDE
  ¿Mucho dinero?

ZAPATERO
  El suficiente. *(El* ZAPATERO *sigue trabajando. El* ALCALDE *mira curiosamente a todos lados.)*

ALCALDE
  Tú no estás bueno.

ZAPATERO *(Sin levantar la vista.)*
  No.

ALCALDE
  ¿La mujer?

ZAPATERO
  ¡La mujer!

ALCALDE *(Sentándose.)*

Eso tiene casarse a tu edad... A tu edad se debe ya estar viudo... de una como mínimum... Yo estoy de cuatro: Rosa, Manuela, Visitación y Enriqueta Gómez, que ha sido la última; buenas mozas todas, aficionadas al baile y al agua limpia. Todas sin excepción han probado esta vara repetidas veces. En mi casa..., en mi casa coser y cantar.

ZAPATERO

Pues ya está usted viendo qué vida la mía. Mi mujer... no me quiere. Habla por la ventana con todos, ¡hasta con don Mirlo! Y a mí se me está encendiendo la sangre.

ALCALDE *(Riendo.)*

Es que ella es una muchacha alegre... Eso es natural.

ZAPATERO

¡Oh, estoy convencido! Yo creo que esto lo hace por atormentarme, porque estoy seguro..., ella me odia. Al principio creí que la dominaría con mi carácter dulzón y mis regalillos: collares de coral, cintillos, peinetas de concha..., ¡hasta unas ligas!... Pero ella..., ¡ella es siempre ella!

ALCALDE

Y tú siempre tú, ¡qué demonio! Vamos, lo estoy viendo y me parece mentira cómo un hombre, lo que se dice un hombre, no puede meter en cintura no una, sino ochenta hembras. Si tu mujer habla por la ventana con todos, si tu mujer se pone agria contigo, es porque tú quieres, porque tú no tienes arranque. A las mujeres, buenos apretones en la cintura, pisadas fuertes y la voz siempre en alto, y si con esto se atreven a hacer quiquiriquí, la vara, no hay otro remedio. Rosa, Manuela, Visitación y Enriqueta Gómez, que ha sido la última, te lo pueden decir desde la otra vida, si es que por casualidad están allí.

ZAPATERO

Yo no he querido nunca líos. Soy el hombre del vaso de vino y la sopita de miel; bromista, pacífico, al que le gusta tomar el sol, ¡qué hermoso!, en paz con todo el mundo.

ALCALDE

Pero ¿me lo vas a decir a mí? Si yo te conozco de toda la vida. Tú has sido el que ha hecho las comparsas más graciosas de los carnavales, el hombre que ha tenido las mejores ocurrencias del pueblo...; de eso no hay que hablar. Lo que me choca extraordinariamente es que tú, queriendo a tu mujer, como necesariamente tienes que quererla, soportes que ella mande en ti.

ZAPATERO

Pero el caso es que... no me atrevo a decirle una cosa. *(Mira con recelo.)*

ALCALDE *(Autoritario.)*

Dímela.

ZAPATERO

Comprendo que es una barbaridad..., pero... yo no estoy enamorado de mi mujer.

ALCALDE

¡Demonio!

ZAPATERO

Sí, señor, ¡demonio!

ALCALDE

Entonces, grandísimo tunante, ¿por qué te has casado?

ZAPATERO

Ahí lo tiene usted. Yo no me lo explico tampoco. Mi hermana, mi hermana tiene la culpa. Que si te vas a quedar solo, que si qué sé yo, que si qué sé yo cuánto. Yo tenía dinerillo, salud y dije: «Allá voy». Pero, ¡benditísima soledad antigua! ¡Mal rayo parta a mi hermana que en paz descanse!

ALCALDE

¡Pues te has lucido!

ZAPATERO

Sí, señor, me he lucido... Ahora que yo no aguanto más. Yo no sabía lo que era una mujer. ¡Digo, usted cuatro! ¡Yo no tengo edad para resistir este jaleo!

ZAPATERA (*Dentro, cantando fuerte.*)

>¡Ay jaleo, jaleo,
>ya se acabó el alboroto
>y vamos al tiroteo,
>[y vamos al tiroteo!
>¡Ay jaleo, jaleo!]

ZAPATERO

Ya lo está usted oyendo.

ALCALDE

¿Y qué piensas hacer?

Zapatero *(Hace el ademán.)*
Cuca silvana...

Alcalde
¿Se te ha vuelto el juicio?

Zapatero *(Excitado.)*
El zapatero a tus zapatos se acabó para mí. Yo soy un hombre pacífico; yo no estoy acostumbrado a estos voceríos y a estar en lenguas de todos.

Alcalde
No creo lo que dices, pero domina a tu mujer, que para eso eres hombre, y quédate en paz. ¿Dónde vas a ir por esas tierras de Dios?

Zapatero
A descansar. Me siento ágil. ¡Y que no, que no puedo más!

Alcalde *(Riéndose.)*
Recapacita lo que has dicho que vas a hacer, que tú eres capaz de hacerlo, y no seas tonto. ¡Es una lástima que un hombre como tú no tenga el carácter que debía tener!

ESCENA 6.ª

Dichos y Zapatera, *que aparece por la puerta de la izquierda, echándose polvos con una polvera rosa y limpiándose las cejas.*

Zapatera
Buenas tardes.

ALCALDE

Muy buenas. *(Al* ZAPATERO.*)* ¡Como guapa es guapísima!

ZAPATERO

¿Usted cree?

ALCALDE

No te vayas a poner lila a última hora. *(A la* ZAPATERA.*)* ¡Qué dalias tan bien puestas lleva usted en el pelo!

ZAPATERA

Muchas que tiene usted en los balcones de su casa.

ALCALDE

Efectivamente... ¿Le gustan a usted las flores?

ZAPATERA

¿A mí?... ¡Ay, me encantan! Hasta en el tejado tendría yo macetas, en la puerta, por las paredes, debajo de la cama, coronando las chimeneas. Pero a éste..., a ése... no le gustan. Claro, toda la vida haciendo botas..., ¿qué quiere usted? *(Se sienta en la ventana.)* ¡Y buenas tardes! *(Mira a la calle y coquetea.)*

ZAPATERO

¿Lo ve usted?

ALCALDE

Un poco brusca..., pero es una mujer guapísima. ¡Qué cintura tan ideal! ¡Qué lástima de talle! ¡Y hay que ver qué ondas en el pelo! *(Mutis.)*

> *(Llegan unas* GITANILLAS *cantando. La* ZAPATERA *canta y baila con ellas.)*

Si tu madre tiene un rey,
la baraja tiene cuatro:
rey de oros,
rey de copas,
rey de espadas,
rey de bastos.
Corre que te pillo,
corre que te agarro,
corre que te lleno
la falda de barro.
Ábreme la puerta,
que me estoy mojando;
no me da la gana,
ponte chorreando.

Del olivo, me retiro;
del esparto, yo me aparto;
del sarmiento, me arrepiento
de haberte querido tanto.
Corre que te pillo,
corre que te agarro,
corre que te lleno
la falda de barro.
Ábreme la puerta,
que me estoy mojando;
no me da la gana,
ponte chorreando.

GITANILLA 1.ª
    Zapatera...

GITANILLA 2.ª
    Zapatera...

GITANILLA 1.ª

¿Quién te pone colorada?

ZAPATERA

Mis zarcillos de coral
y los pinceles del agua.

GITANILLA 1.ª

Corre que te pillo,
ábreme tu casa...

GITANILLA 2.ª

Corre que te lleno
de barro las faldas...

GITANILLA 1.ª

Ábreme la puerta...

GITANILLA 2.ª

No me da la gana;
deja que la lluvia
te lave la cara.

ESCENA 7.ª

ZAPATERO y ZAPATERA.

ZAPATERA *(Sentada a la ventana, coge una silla y le da
    vueltas.)*

¡Ay jaleo, jaleo,
ya se acabó el alboroto

y vamos al tiroteo,
[y vamos al tiroteo!
¡Ay jaleo, jaleo!]

ZAPATERO *(Dando vueltas en sentido contrario a otra silla.)*
Si sabes que tengo esta superstición y para mí esto es
como si me dieras un tiro, ¿por qué lo haces?

ZAPATERA *(Soltando la silla.)*
¿Qué he hecho yo? ¿No te digo que no me dejas ni mo-
verme?

ZAPATERO
Ya estoy harto de explicarte..., pero es inútil... *(Va a
hacer mutis, pero la* ZAPATERA *empieza otra vez y el*
ZAPATERO *corre desde la puerta y da vueltas a su silla.)*
¿Por qué no me dejas marchar, mujer?

ZAPATERA
¡Jesús, pero si lo que estoy deseando es que te vayas!

ZAPATERO
¡Pues déjame!

ZAPATERA *(Enfurecida.)*
¡Pues vete!

> *(Fuera se oye una flauta, acompañada de
> una guitarra, que toca una polquita anti-
> gua con el ritmo cómicamente acusado.
> La* ZAPATERA *empieza a llevar el compás
> con la cabeza y el* ZAPATERO *huye por la iz-
> quierda.)*

ESCENA 8.ª

ZAPATERA.

ZAPATERA *(Cantando.)*

Larán... larán... A mí es que la flauta me ha gustado
siempre mucho... Yo siempre he tenido delirio por la
flauta... Casi se me saltan las lágrimas... ¡Qué primor!
Larán... larán... ¡Oye!... Me gustaría que él la oyera... *(Se
levanta y se pone a bailar como si lo hiciera con novios
imaginarios.)* ¡Ay Emiliano, qué cintillos tan preciosos
llevas! No, no..., me da vergüencilla... Pero, José María,
¿no ves que nos están viendo?... Coge un pañuelo, que
no quiero que me manches el vestido; ¡es de seda!... A
los hombres les sudan tanto las manos... A ti te quiero,
a ti... Ah, sí, mañana que traigas la jaca blanca, la que a
mí me gusta... Cristóbal Pacheco, ¡qué bigotes tienes!
Currito... *(Ríe. Cesa la música.)* ¡Qué mala sombra!
Esto es dejar a una con la miel en los labios, qué...

ESCENA 9.ª

ZAPATERA y DON MIRLO, *que aparece en la ventana. Viste
de negro, frac y pantalón corto. Le tiembla la voz y mueve
la cabeza como un muñeco de alambre.*

DON MIRLO

¡Chisss!

ZAPATERA *(Sin mirar y vuelta de espaldas a la ventana.)*

Pin, pin, pío, pío, pío...

Don Mirlo *(Acercándose más.)*
Chisss... Zapaterita, blanca como el corazón de las almendras, pero amargosilla también... Zapaterita....,
junco de oro encendido... Zapaterita, Bella Otero de
mi corazón...

Zapatera
¡Cuánta cosa, don Mirlo! A mí me parecía imposible
que los pajarracos hablaran... Pero si andá por ahí revoloteando un mirlo negro, negro y viejo..., sepa que
yo no puedo oírle cantar hasta más tarde..., pío, pío,
pío, pío...

Don Mirlo
Cuando las sombras crepusculares invadan con sus
tenues velos el mundo y la vía pública se halle libre de
transeúntes, volveré. *(Toma rapé y estornuda sobre el
cuello de la* Zapatera.)

Zapatera *(Volviéndose airada y pegando a* Don Mirlo,
que tiembla.)
¡Aaaay! Y aunque no vuelvas, indecente, mirlo de
alambre, garabato de candil... ¡Corre, corre!... ¿Se habrá visto? ¡Mira que estornudar! ¡Vaya mucho con
Dios! ¡Qué asco!

ESCENA 10

En la ventana se para el Mozo de la Faja. *Tiene el sombrero plano echado a la cara y da pruebas de gran pesadumbre.*

MOZO
  ¿Se toma el fresco, Zapaterita?

ZAPATERA
  Exactamente igual que usted.

MOZO
  Y siempre sola... ¡Qué lástima!

ZAPATERA *(Agria.)*
  ¿Y por qué lástima?

MOZO
  Una mujer como usted, con ese pelo y esa pechera tan hermosísima...

ZAPATERA *(Más agria.)*
  Pero, ¿por qué lástima?

MOZO
  Porque usted es digna de estar pintada en las tarjetas postales y no aquí, en este portalillo...

ZAPATERA
  ¿Sí? A mí las tarjetas postales me gustan mucho, sobre todo las de novios que se van de viaje...

MOZO
  ¡Ay, Zapaterita, qué calentura tengo!

                    (Siguen hablando.)

ZAPATERO *(Entrando y retrocediendo.)*
  Con todo el mundo ¡y a estas horas! ¡Que dirán los que vengan al rosario de la iglesia! ¡Qué dirán en el

Casino! ¡Me estarán poniendo!... (Zapatera *ríe.*) ¡Ay, Dios mío! ¡Tengo razón para marcharme! ¡Quisiera oír a la mujer del sacristán! Pues ¿y los curas?, ¿qué dirán los curas? ¡Eso será lo que habrá que oír! *(Entra desesperado.)*

Mozo

¿Cómo quiere que se lo exprese?... Yo la quiero..., te quiero... como...

Zapatera

Verdaderamente eso de la quiero, te quiero, suena de una manera que parece que me están haciendo cosquillas con una pluma detrás de las orejas... ¡Te quiero!..., ¡la quiero!...

Mozo

¿Cuántas semillas tiene el girasol?...

Zapatera

¡Yo qué sé!

Mozo

Tantos suspiros doy cada minuto por usted..., por ti... *(Se acerca.)*

Zapatera *(Brusca.)*

¡Estáte quieto! Yo puedo oírte hablar porque me gusta y es bonito, pero nada más. ¿Me oyes? ¡Estaría bueno!

Mozo

Pero eso no puede ser. ¿Es que tienes otro compromiso?

ZAPATERA
Mira, ¡vete!

MOZO
No me muevo de este sitio sin el sí. ¡Ay, mi zapaterita, dame tu palabra! *(Va a abrazarla.)*

ZAPATERA *(Cerrando violentamente la ventana.)*
Pero, ¡qué impertinente!, ¡qué loco! ¡Si te he hecho daño, te aguantas! Como si yo no estuviera aquí más que para..., para... ¿Es que en este pueblo no puede una hablar con nadie? Por lo que veo, en este pueblo no hay más que dos extremos: o monja, o trapo de fregar... ¡Era lo que me quedaba por ver! *(Haciendo como que huele y echando a correr.)* ¡Ay mi comida que está en la lumbre! ¡Mujer ruin! *(Mutis.)*

ESCENA 11

La luz se va marchando. El ZAPATERO sale con una gran capa y un bulto de ropa en la mano.

ZAPATERO
¡O soy otro hombre o yo no me comprendo! ¡Ay casita mía! ¡Ay banquillo mío, y cerote, y clavos, y pieles de becerro!... Bueno... *(Va a la puerta y retrocede.)* Tengo ganas de marcharme, pero ¿y si no tuviera ganas?, ¿qué pasaría? Porque ¡hay que fijarse el contradiós que es esto!... Pero ya no tengo otro recurso... Porque vamos a ver: ¿soy capaz de domarla? No, porque con esa

sangre de toro que tiene me echa al suelo en cuanto me ponga una mano encima... Así es que esto ya no tiene compostura. Además, dirán todos en el pueblo: «Zancajoso, zancajoso». Y tendrán razón, porque esto que yo hago, esto que yo hago ¡es lo que hay que ver! *(Abre la puerta y se topa con dos* BEATAS *en el mismo quicio.)*

BEATA 1.ª

¿Descansando, verdad?

BEATA 2.ª

Hace usted bien en descansar.

ZAPATERO *(Con mal humor.)*

Buenas tardes...

BEATA 1.ª

A descansar, maestro, maestrillo, con el mandil amarillo.

BEATA 2.ª

A descansar, a descansar; quite, maestrillo, su delantal.

(Se van.)

ZAPATERO

Sí, descansando... ¡Pues no estaban mirando por el ojo de la llave! ¡Brujas! ¡Sayonas! ¡Cuidado con el retintín con que me lo han dicho! Claro..., si en todo el pueblo no se hablará de otra cosa: que si yo..., que si ella..., que si los mozos... ¡Ay, mal rayo parta a mi hermana que en paz descanse! Pero primero solo que señalado por el dedo de los demás. *(Sale rápidamente y deja la puerta abierta.)*

ESCENA 12

ZAPATERA *(Que entra por la izquierda.)*
Ya está la comida... ¿Me estás oyendo? *(Avanza hacia la puerta de la derecha.)* ¿Me estás oyendo? ¿Pero habrá tenido el valor de marcharse al cafetín dejando la puerta abierta?... ¿Y sin haber terminado los borceguíes? Pues cuando vuelva me oirá..., ¡me tiene que oír! ¡Qué hombres son los hombres! ¡Qué abusivos y qué..., qué!... ¡Vaya! *(En un repeluzno.)* ¡Ay, qué fresquito hace! *(De la calle llega el ruido de las esquilas de los rebaños que vuelven al pueblo. La* ZAPATERA *se asoma a la ventana.)* ¡Qué primor de rebaños! ¡Lo que es a mí me chalan las ovejitas! ¡Mira, mira aquella blanca tan chiquita que apenas puede andar!... ¡Ay!, pero aquella grandota y antipatiquísima se empeña en pisarla... y nada... *(A voces.)* ¡Pastor! ¡Asombrado! ¿No estás viendo que te pisotean la oveja recién nacida? *(Pausa.)* Pues claro que me importa... ¿No ha de importarme, brutísimo? ¡Y mucho! *(Se aparta de la ventana.)* Pero, Señor, ¿adónde habrá ido este hombre desnortado? Pues si tarda siquiera dos minutos más, como yo sola, que me basto y me sobro... ¡Con la comida tan buena que he preparado!... Mi cocido con sus patatas de la sierra, dos pimientos verdes, pan blanco, un poquito magro de tocino y arrope con calabaza y cáscara de limón para encima. Porque lo que es cuidarlo, lo que es cuidarlo..., ¡lo estoy cuidando! A ver si..., a ver si... *(Ya dará muestras durante todo este monólogo de gran actividad, moviéndose de un lado a otro, arreglando las sillas y quitándose motas del vestido.)*

ESCENA 13

NIÑO, ZAPATERA, ALCALDE, SACRISTANA, VECINOS y VE-
CINAS.

NIÑO *(En la puerta.)*
¿Estás disgustada todavía?

ZAPATERA
Primorcito de su vecina, ¿dónde vas?

NIÑO *(En la puerta.)*
¿Tú no me regañarás, verdad? Porque a mi madre, que
algunas veces me pega, la quiero veinte arrobas, pero
a ti te quiero treinta y dos y media... *pool enfant*

ZAPATERA
¿Por qué eres tan precioso? *(Sienta al* NIÑO *en sus rodillas.)*

NIÑO
Yo venía a decirte una cosa que nadie quiere decirte...
«Ve tú..., ve tú..., ve tú»..., y nadie quería... Y entonces:
«Que vaya el niño», dijeron... Porque es un notición
que nadie quiere dar...

ZAPATERA
Pero dímelo pronto. ¿Qué ha pasado?

NIÑO
No te asustes, que de muertos no es.

ZAPATERA
  ¡Anda!

NIÑO
  Mira, Zapaterita... *(Por la puerta entra una mariposa y el* NIÑO, *bajándose de las rodillas de la* ZAPATERA, *echa a correr.)* ¡Una mariposa, una mariposa! ¿No tienes un sombrero? Es amarilla con pintas azules y rojas y... qué sé yo.

ZAPATERA
  Pero, hijo mío, ¿quieres?...

NIÑO *(Enérgico.)*
  Cállate y habla en voz baja. ¿No ves que se espanta, si no? ¡Ay, dame tu pañuelo!

ZAPATERA *(Intrigada ya en la caza.)*
  Tómalo.

NIÑO
  Chisss, no pises fuerte. Lograrás que se escape... *(En voz baja, y como encantando a la mariposa, canta.)*

      Mariposa, carita
      de rosa, débil
      mariposa del aire,
      dorada y verde,
      luz de candil...
      Mariposa pequeña,
      quédate ahí.

ZAPATERA Y NIÑO

      Sí, sí, sí, sí, sí, sí, sí,
      quédate ahí.

NIÑO

> Déjame que te cubra
> con mi pañuelo,
> déjame que te cubra *love you*
> con mi pañuelo,
> como la nieve grande
> baja del cielo.
> Luz de candil,
> mariposa del viento,
> ya estás ahí.

ZAPATERA Y NIÑO

> Sí, sí, sí, sí, sí, sí, sí,
> ya estás ahí.

NIÑO

> No te quieres parar,
> parar no quieres,
> no te quieres parar,
> parar no quieres...
> Mariposa del aire,
> dorada y verde,
> luz de candil...

Tiene por débil

no tiene la tranquilidad muy bonita

ZAPATERA Y NIÑO

> Párate, mariposa,
> quédate ahí.
> No, sí, no, sí, no, sí, no, sí, no, sí...
> Sí, sí, sí, sí, sí, sí, sí...

ZAPATERA

  ¡Ahora, ahora!

Niño *(Corriendo alegremente con el pañuelo.)*
    ¿No te quieres parar? ¿No quieres dejar de volar?... ¿No
    te quieres parar?... ¿No quieres dejar de volar?...

Zapatera *(Corriendo también por otro lado.)*
    ¡Que se escapa, que se escapa!

> *(El* Niño *sale corriendo por la puerta per-
> siguiendo a la mariposa que se escapa.)*

Zapatera *(Enérgica.)*
    ¿Dónde vas?

Niño *(Suspenso.)*
    ¡Es verdad!... *(Rápido.)* ¡Pero yo no tengo la culpa!

Zapatera
    Vamos, ¿quieres decirme lo que pasa? ¡Pronto!

Niño
    ¡Ay! Pues mira... Tu marido el Zapatero se ha ido para
    no volver más.

Zapatera *(Aterrada.)*
    ¿Cómo?

Niño
    Sí, sí. Eso ha dicho en casa antes de montarse en la di-
    ligencia, que lo he visto yo, y nos encargó que te lo di-
    jéramos; y ya lo sabe todo el pueblo.

Zapatera *(Sentándose desplomada.)*
    ¡No es posible, no es posible! ¡Yo no lo creo!

Niño

    ¡Sí que es verdad! ¡No me regañes!

Zapatera (*Levantándose hecha una furia y dando fuertes
    pisotadas en el suelo.*)
    ¿Y me da este pago? ¿Y me da este pago?

                        (*El* Niño *se refugia detrás de la mesa.*)

Niño

    ¡Que se te caen las horquillas!

Zapatera

    ¿Qué va a ser de mí ahora, sola en esta vida? ¡Ay!, ¡ay!,
    ¡ay! (*El* Niño *sale corriendo. La ventana y la puerta es-
    tán llenas de* vecinos.) Sí, sí, venid a verme, cascantes;
    comadricas; por vuestra culpa ha sido.

Alcalde

    Mira, ya te estás callando. Si tu marido te ha dejado, ha
    sido porque no lo querías, porque no podía ser.

Zapatera

    ¿Pero lo van ustedes a saber mejor que yo? Sí lo quería,
    ¡vaya si lo quería!, ¡que pretendientes buenísimos y
    muy riquísimos he tenido yo y no les he dado el sí ja-
    más! ¡Ay, pobrecito mío, qué cosas te habrán contado!

Sacristana

    ¡Mujer, repórtate!

Zapatera

    No me resigno, no me resigno... ¡Ay!, ¡ay!, ¡ay!

(Por la puerta empiezan a entrar VECINAS *con trajes de colores violentos y llevando grandes vasos de refresco. Giran, corren, entran y salen alrededor de la* ZAPATERA, *que está sentada, gritando, con prontitud y ritmo de baile. Las grandes faldas se deben abrir a las vueltas que dan. Todos deben adoptar una actitud cómica de pena.)*

VECINA ROJA
  Un refresco...

VECINA MORADA
  Un refresquito...

VECINA NEGRA
  Para la sangre...

VECINA VERDE
  De limón...

VECINA AMARILLA
  De zarzaparrilla...

VECINA ROJA
  La menta es mejor...

VECINA MORADA
  Vecina...

VECINA NEGRA
  Vecinita...

VECINA VERDE
Zapatera...

VECINA AMARILLA
Zapaterita...

TODAS
Un refresco..., un refresquito...

> *(Las VECINAS arman gran algazara. La ZA-
> PATERA llora a gritos.)*

TELÓN

Acto segundo

A la izquierda, el banquillo arrumbado. A la derecha, un mostrador con botellas y un lebrillo con agua donde la ZAPATERA friega las copas. La ZAPATERA está detrás del mostrador. Viste un traje rojo encendido con amplias faldas y los brazos al aire. En la escena, dos mesas. En una de ellas está sentado DON MIRLO, que toma un refresco, y en la otra, el MOZO DEL SOMBRERO.

[ESCENA 1.ª]

> (La ZAPATERA friega con gran ardor vasos y copas que va colocando en el mostrador. Aparece en la puerta el MOZO DE LA FAJA. Está triste. Con los brazos caídos mira de manera tierna a la ZAPATERA. Al actor que exagere lo más mínimo en este tipo

debe el director de escena darle un basto-
nazo en la cabeza. Nadie debe exagerar.
*La farsa exige siempre naturalidad. El au-
tor ya se ha encargado de dibujar el tipo y
el sastre de vestirlo. Sencillez. El* Mozo de
la Faja *se detiene en la puerta.* Don Mirlo *y el* Mozo del Sombrero *vuelven la
cabeza y lo miran. Ésta es casi una escena
de cine. La* Zapatera *deja de fregar y
mira al* Mozo de la Faja *fijamente. Silencio.)*

Zapatera
  Pase usted...

Mozo de la Faja
  Si usted lo quiere...

Zapatera
  ¿Yo? Me trae absolutamente sin cuidado, pero como lo
  veo en la puerta...

Mozo de la Faja
  ¡Lo que usted quiera! *(Se apoya en el mostrador.)*

Mozo del Sombrero *(Entre dientes.)*
  Éste es otro al que voy a tener que...

Zapatera
  ¿Qué va a tomar?

Mozo de la Faja
  Seguiré sus indicaciones...

ZAPATERA
Pues la puerta.

MOZO DE LA FAJA
¡Ay, Dios mío, cómo cambian los tiempos!

ZAPATERA
No crea que me voy a echar a llorar. Vamos... ¿Va usted a tomar copa, café, refresco, diga?

MOZO DE LA FAJA
Refresco...

ZAPATERA
No me mire tanto que se me va a derramar el jarabe...

MOZO DE LA FAJA
Es que yo me estoy muriendo, ¡ay!

> (*Por la ventana se ve pasar a dos* MAJAS *con inmensos abanicos. Miran, se santiguan escandalizadas, se tapan los ojos con los pericones y a pasos menuditos cruzan.*)

ZAPATERA
El refresco...

MOZO DE LA FAJA (*Mirándola.*)
¡Ay!

MOZO DEL SOMBRERO (*Mirando al suelo.*)
¡Ay!

Don Mirlo *(Mirando al techo.)*
   ¡Ay!

>   *(La* Zapatera *dirige la cabeza hacia los tres ayes.)*

Zapatera
   ¡Requeteay!... Pero ¿esto es una taberna o un hospital?
   ¡Abusivos! Si no fuera porque tengo que ganarme la
   vida con estos vinillos y este trapicheo, porque estoy
   sola desde que se fue por culpa de todos vosotros mi
   pobrecito marido de mi alma, ¿cómo es posible que yo
   aguantara esto? ¿Qué me dicen ustedes? Los voy a tener que plantar en lo ancho de la calle.

Don Mirlo
   Muy bien, muy bien dicho.

Mozo del Sombrero
   Has puesto taberna y podemos estar aquí dentro todo
   el tiempo que queramos.

Zapatera *(Fiera.)*
   ¿Cómo? ¿Cómo?

>   *(El* Mozo de la Faja *inicia el mutis y* Don
>   Mirlo *se levanta sonriente y haciendo
>   como que está en el secreto y que volverá.)*

Mozo del Sombrero
   Lo que he dicho.

Zapatera
   Pues si dices tú, más digo yo, y puedes enterarte y todos los del pueblo, que hace cuatro meses que se fue

mi marido y no cederé a nadie jamás, porque una mujer casada debe estarse en su sitio, como Dios manda. Y que no me asusto de nadie, ¿lo oyes? Que yo tengo la sangre de mi abuelo, que esté en gloria, que fue desbravador de caballos y lo que se dice un hombre. Decente fui y decente lo seré. ¿Me comprometí con mi marido? ¡Pues hasta la muerte! ¡Fuera de aquí todo el mundo!

> (DON MIRLO *sale por la puerta rápidamente, haciendo señas que indican una relación entre él y la* ZAPATERA.)

MOZO DEL SOMBRERO (*Levantándose.*)
Tengo tanto coraje que agarraría a un toro de los cuernos, le haría hincar la cerviz en las arenas y después me comería sus sesos crudos con estos dientes míos en la seguridad de no hartarme de morder. (*Sale por la puerta rápidamente y* DON MIRLO *huye hacia la izquierda.*)

ZAPATERA (*Con las manos en la cabeza.*)
¡Jesús, Jesús, Jesús y Jesús! (*Se sienta.*)

ESCENA 2.ª

ZAPATERA y NIÑO.

NIÑO (*Entrando y tapando los ojos a la* ZAPATERA.)
¿Quién soy yo?

ZAPATERA
Mi niño, pastorcillo de Belén.

NIÑO
¡Ya estoy aquí!... *(Se besan.)*

ZAPATERA
¿Vienes por la merendita?

NIÑO
Si tú me la quieres dar...

ZAPATERA
Hoy tengo una onza de chocolate.

NIÑO
¿Sí? A mí me gusta mucho estar en tu casa...

ZAPATERA *(Dándole la onza.)*
Porque eres interesadillo...

NIÑO
¿Interesadillo? ¿Ves este cardenal que tengo en la rodilla?

ZAPATERA
¿A ver?

NIÑO
Pues me lo ha hecho el Lunillo porque estaba cantando... las coplas que te han sacado y yo le pegué en la cara, y entonces él me tiró una piedra que, ¡plaf!, mira...

ZAPATERA

¿Te duele mucho?

NIÑO

Ahora no, pero he llorado.

ZAPATERA

No hagas caso ninguno de lo que dicen.

NIÑO

Es que eran cosas muy indecentes; cosas indecentes que yo sé decir, ¿sabes?, pero que no quiero decir.

ZAPATERA *(Riéndose.)*

Porque si las dices cojo un pimiento picante y te pongo la lengua como un ascua.

NIÑO

¿Pero por qué te echarán a ti la culpa de que tu marido se haya marchado?

ZAPATERA

Ellos, ellos son los que la tienen y los que me hacen desgraciada.

NIÑO *(Triste.)*

No digas, Zapaterita...

ZAPATERA

Yo me miraba en sus ojos. Cuando lo veía venir montado en su jaca blanca...

NIÑO *(Interrumpiendo.)*

¡Ja, ja, ja! Me estás engañando. El señor Zapatero no tenía jaca...

ZAPATERA

Niño, sé más respetuoso. Tenía jaca, claro que la tuvo,
pero es..., es que tú no habías nacido.

NIÑO *(Pasándole la mano por la cara.)*
¡Ah, eso sería!

ZAPATERA

Ya ves tú... Cuando lo conocí estaba lavando yo en el
arroyo del pueblo. Medio metro de agua y las chinas
del fondo se veían reír, reír con el temblorcillo. Él venía con un traje negro entallado, corbata roja de seda
buenísima y cuatro anillos de oro que relumbraban
como cuatro soles.

NIÑO
¡Qué bonito!

ZAPATERA

Me miró y lo miré. Yo me recosté en la hierba. Todavía me parece sentir en la cara aquel aire tan fresquito
que venía por los árboles. Él paró su caballo, y la cola
del caballo era blanca y tan larga que llegaba al agua
del arroyo... *(La* ZAPATERA *está casi llorando. Empieza
a oírse un canto lejano.)* Me puse tan azárada que se
me fueron dos pañuelos preciosos, así de pequeñitos,
en la corriente.

NIÑO
¡Qué risa!

ZAPATERA

Él entonces me dijo... *(El canto se oye muy cerca.)*
Chisss...

Niño *(Se levanta.)*
  ¡Las coplas!

Zapatera
  ¡Las coplas! *(Pausa. Los dos escuchan.)* ¿Tú sabes lo que dicen?

Niño
  Medio medio...

Zapatera
  Pues cántalas, que quiero enterarme.

Niño
  ¿Para qué?

Zapatera
  Para que yo sepa de una vez lo que dicen.

Niño
  Verás... *(Cantando y siguiendo el compás.)*
      La señora Zapatera,
      al marcharse su marido,
      ha montado una taberna
      donde acude el señorío...

Zapatera
  ¡Me la pagarán!

Niño *(Llevando el compás con la mano sobre la mesa.)*
      ¿Quién te compra, Zapatera,
      el paño de tus vestidos
      y esas chambras de batista
      con encajes de bolillos?

Ya la corteja el Alcalde,
ya la corteja don Mirlo;
Zapatera, Zapatera,
Zapatera, ¡te has lucido!

(*Las voces se van distinguiendo cerca y claras con su acompañamiento de panderos. La* ZAPATERA *coge un mantoncillo y se lo echa sobre los hombros.*)

NIÑO (*Asustado.*)
¿Dónde vas?

ZAPATERA
¡Van a dar lugar a que compre un revólver!

(*El canto se aleja. La* ZAPATERA *corre a la puerta, pero tropieza con el* ALCALDE, *que viene majestuoso, dando golpes en el suelo con la vara.*)

ALCALDE
¿Quién despacha?

ZAPATERA
¡El demonio!

ALCALDE
Pero, ¿qué ocurre?

ZAPATERA
Lo que usted debía saber hace muchos días, lo que usted, como Alcalde, no debía permitir. La gente me

canta coplas, los vecinos se ríen en sus puertas y, como no tengo marido que vele por mí, salgo yo a defenderme, ya que en este pueblo las autoridades son calabacines, ceros a la izquierda, estafermos...

NIÑO
¡Muy bien dicho!

ALCALDE (*Enérgico.*)
¡Niño, niño, basta de voces!... ¿Sabes tú lo que he hecho ahora? Pues meter en la cárcel a dos o tres de los que venían cantando.

ZAPATERA
¡Quisiera yo ver eso!

VOZ (*Fuera.*)
¡Niñooooo!

NIÑO
Mi madre me llama... (*Corre a la ventana.*) ¿Quéeeee? Adiós... Si quieres te puedo traer el espadón grande de mi abuelo, el que se fue a la guerra... Yo no puedo con él, ¿sabes?, pero tú sí...

ZAPATERA (*Sonriente.*)
¡Lo que quieras!

VOZ (*Fuera.*)
¡Niñooooo!

NIÑO (*Ya en la calle.*)
¿Quéeeee?

ESCENA 3.ª

ZAPATERA y ALCALDE.

ALCALDE

Por lo que veo, este niño sabio y retorcido es la única
persona a quien tratas bien en el pueblo.

ZAPATERA

No pueden ustedes hablar una sola palabra sin ofen-
der... ¿De qué se ríe Su Ilustrísima?

ALCALDE

De verte tan hermosa y desperdiciada.

ZAPATERA

¡Antes un perro! ¿Qué va usted a tomar?

ALCALDE

Un refresquito... (*La* ZAPATERA *le sirve un vaso de
vino.*) ¡Qué desengaño de mundo! Muchas mujeres he
conocido: como amapolas, como rosas de olor..., mujeres morenas con los ojos como tinta de fuego, mujeres que les huele el pelo a nardos y siempre tienen las
manos con calentura, mujeres cuyo talle se puede
abarcar con estos dos dedos, pero como tú, como tú
no hay nadie... Esto es pura experiencia. Conozco
bien el ganado. Yo sé lo que me digo. (*Se va levantan-
do poco a poco.*)

ZAPATERA *(En el mostrador y conteniéndose.)*
    ¡Haga usted el favor de callarse!

ALCALDE
    ¿Cómo me voy a callar? Cuando te veo ese cuerpo, ese
    cuerpazo que ni flor de manteca, ni manzana, ni la
    piedra mármol son comparables, y esa mata de pelo
    tan hermosísima, que había que verla cuando te la
    sueltas, no puedo con lo que me entra en la sangre.
    Anteayer estuve enfermo toda la mañana porque vi
    tendidas en el prado dos camisas tuyas con lazos ce-
    lestes, que era como verte a ti, Zapatera de mi alma...

ZAPATERA *(Estallando furiosa.)*
    ¡Que yo no tengo paciencia!

ALCALDE *(Sentándose.)*
    ¡Mujer!

ZAPATERA *(Acercándose.)*
    ¡Calle usted, viejísimo! ¡Calle usted! Con hijas mo-
    zuelas y lleno de familia no se debe cortejar de esta
    manera tan indecente y tan descarada.

ALCALDE
    ¡Soy viudo!

ZAPATERA
    Y yo casada.

ALCALDE
    Pero tu marido te ha dejado y no volverá, estoy se-
    guro.

ZAPATERA

   Yo viviré como si lo tuviera.

ALCALDE

   Pues a mí me consta, porque me lo dijo, que no te
   quería ni tanto así.

ZAPATERA

   Pues a mí me consta que sus cuatro señoras, mal rayo
   las parta, le aborrecían a muerte.

ALCALDE *(Dando en el suelo con la vara.)*
   ¡Ya estamos!

ZAPATERA *(Tirando un vaso.)*
   ¡Ya estamos!

                    (Pausa.)

ALCALDE *(Entre dientes.)*
   Si yo te cogiera por mi cuenta, ¡vaya si te domaba!

ZAPATERA *(Guasona.)*
   ¿Qué está usted diciendo?

ALCALDE

   Nada. Pensaba... que, si tú fueras como deberías ser, te
   hubieras enterado que tengo voluntad y valentía para
   hacer escritura delante del notario de una casa muy
   hermosa...

ZAPATERA

   ¿Y qué más?

ALCALDE
Con un estrado que costó cinco mil reales, con centros de mesa, con cortinas de brocatel, con espejos de cuerpo entero.

ZAPATERA
¿Y qué más?

ALCALDE *(Tenoriesco.)*
Que la casa tiene una cama con coronación de pájaros y azucenas de cobre, un jardín con seis palmeras y una fuente saltadora, pero aguarda para estar alegre que una persona que sé yo se quiera aposentar en sus salas, donde estaría... *(Dirigiéndose a la* ZAPATERA.*)* Mira..., ¡estarías como una reina!

ZAPATERA *(Guasona.)*
Yo no estoy acostumbrada a esos lujos. Siéntese usted en el estrado, métase usted en la cama, mírese usted en los espejos y póngase con la boca abierta debajo de las palmeras, esperando que le caigan los dátiles, que yo de zapatera no me muevo.

ALCALDE
Ni yo de Alcalde. Pero que te vayas enterando que no por mucho despreciar amanece más temprano.

ZAPATERA *(Con retintín.)*
Juramento le tengo hecho a San José, a San Cayetano, a Santa Rita y a toda la corte celestial de estarme en mi sitio.

ALCALDE
¿Pero tú crees que puedes vivir toda la vida en la soltería?

ZAPATERA

Y que no me gusta usted ni me gusta nadie del pueblo. ¡Qué está usted muy viejo y muy pachucho!

ALCALDE *(Indignado.)*

Acabaré metiéndote en la cárcel.

ZAPATERA

¡Atrévase usted!

> *(Fuera se oye un toque de trompeta floreado y comiquísimo.)*

ALCALDE

¿Qué será eso?

ZAPATERA *(Alegre y ojiabierta.)*

¡Títeres! *(Se golpea las rodillas.)*

> *(Frente a la ventana cruzan dos* MUJERES.*)*

VECINA ROJA

¡Títeres!

VECINA MORADA

¡Títeres!

NIÑO *(En la ventana.)*

¿Traerán monos? ¡Vamos!

ZAPATERA

Voy a cerrar la ventana.

Niño
   ¡Vienen a tu casa!

Zapatera
   ¿Sí? *(Se acerca a la ventana.)*

Niño
   Míralos.

ESCENA 4.ª

Por la puerta aparece el Zapatero, *disfrazado. Trae una trompeta y un cartelón enrollado en la espalda. Lo rodea la gente. La* Zapatera *queda en actitud expectante y el* Niño *salta por la ventana y se coge a sus faldones.*

Zapatero
   Buenas tardes.

Zapatera
   Buenas tardes tenga usted, señor titiritero.

Zapatero
   ¿Aquí se puede descansar?

Zapatera
   Y beber, si usted gusta.

Alcalde
   Pase usted, buen hombre, y tome lo que quiera, que yo pago. *(A los* vecinos.*)* Y vosotros, ¿qué hacéis ahí?

VECINA ROJA

Como estamos en lo ancho de la calle no creo que le estorbemos.

ZAPATERO *(Mirando todo con disimulo deja el rollo sobre la mesa.)*

Déjelos, señor Alcalde... (supongo que es usted), que con ellos me gano la vida...

NIÑO

¿Dónde he oído yo hablar a este hombre? *(En toda la escena el NIÑO mirará con gran extrañeza al ZAPATERO.)* ¡Empieza ya los títeres!

(Los VECINOS ríen.)

ZAPATERO

En cuanto tome un vaso de vino.

ZAPATERA *(Alegre.)*

¿Pero los va usted a hacer en mi casa?

ZAPATERO

Si tú lo permites...

VECINA ROJA

Entonces, ¿podemos pasar?

ZAPATERA *(Seria.)*

Podéis pasar. *(Da un vaso al ZAPATERO.)*

VECINA ROJA

Disfrutaremos un poquito.

ALCALDE *(Sentándose.)*
    ¿Viene usted de muy lejos?

ZAPATERO
    De muy lejísimos.

ALCALDE
    ¿De Sevilla?

ZAPATERO
    Échele usted leguas.

ALCALDE
    ¿De Francia?

ZAPATERO
    Échele usted leguas.

ALCALDE
    ¿De Inglaterra?

ZAPATERO
    ¡De las Islas Filipinas!

TODOS
    ¡Qué barbaridad!

> *(Las* VECINAS *hacen signos de admira-*
> *ción. La* ZAPATERA *está extasiada.)*

ALCALDE
    Habrá usted visto a los insurrectos.

ZAPATERO
Lo mismo que les estoy viendo a ustedes ahora.

NIÑO
¿Y cómo son?

ZAPATERO
Intratables. Figúrense ustedes que casi todos ellos son
zapateros.

(*Las* VECINAS *miran a la* ZAPATERA.)

ZAPATERA (*Quemada.*)
¿Y no los hay de otros oficios?

ZAPATERO
Absolutamente. En las Islas Filipinas, zapateros.

ZAPATERA
Pues puede que en las Filipinas esos zapateros sean
tontos, que aquí en estas tierras los hay listos y muy
listos.

VECINA ROJA (*Adulona.*)
¡Muy bien hablado!

ZAPATERA (*Brusca.*)
Nadie le ha preguntado su parecer.

VECINA ROJA
¡Hija mía!

(*Todos ríen.*)

ZAPATERO *(Enérgico, interrumpiendo.)*
¡Qué rico vino! *(Más fuerte.)* ¡Qué requeterrico vino!
(Silencio.) ¡Vino de uvas negras, como el alma de algunas mujeres que yo conozco!

ZAPATERA
De las que la tengan...

(Todos ríen.)

ALCALDE
¡Chisss...! ¿Y en qué consiste el trabajo de usted?

ZAPATERO *(Apura el vaso, chasca la lengua y mira a la* ZAPATERA.*)*
¡Ah! Es un trabajo de poca apariencia y de mucha
ciencia. Enseño la vida por dentro. Aleluyas con los
hechos del zapatero mansurrón y la Fierabrás de
Alejandría, vida de don Diego Corrientes, aventuras
del guapo Francisco Esteban y, sobre todo, arte de
colocar el bocado a las mujeres parlanchinas y respondonas.

ZAPATERA
¡Todas esas cosas las sabía mi pobrecito esposo!

ZAPATERO
¡Dios lo haya perdonado!

ZAPATERA
Oiga usted...

(Las VECINAS *ríen.)*

NIÑO
¡Cállate!

ALCALDE *(Autoritario.)*
¡A callar! Enseñanzas son ésas que convienen a todas las criaturas. Cuando usted guste...

ZAPATERO
(¿Qué pasa aquí?) Puesto que así lo desea el respetable y queridísimo público, daré comienzo enseguida sin haberme quitado el polvo de los caminos...

ZAPATERA
¡Da gusto oírle hablar!

> *(El* ZAPATERO *desenrolla el cartelón en el que hay pintada una historia de ciego dividida en pequeños cuadros, pintados con almazarrón y colores violentos. Los* VECI-NOS *inician un movimiento de aproximación y la* ZAPATERA *sienta al* NIÑO *sobre sus rodillas.)*

ZAPATERO
¡Atención!

NIÑO
¡Ay, qué precioso! *(Abraza a la* ZAPATERA. *Murmullos.)*

ZAPATERA
Que te fijes bien por si acaso no me entero del todo.

NIÑO
    Más difícil que la Historia Sagrada no será.

ZAPATERO
    Respetable público: Oigan ustedes el romance verdade-
    ro y sustancioso de la mujer rubicunda y el hombreci-
    llo de la paciencia, para que sirva de escarmiento y
    ejemplaridad a todas las criaturas de este mundo. *(En
    tono lúgubre.)* Aguzad vuestros oídos y entendimiento.

                    (Los VECINOS *alargan la cabeza y algunas
                    mujeres se agarran de las manos.)*

NIÑO
    ¿No te parece el titiritero hablando a tu marido?

ZAPATERA
    Él tenía la voz más dulce.

ZAPATERO
    ¿Estamos?

ZAPATERA
    Me sube así un repeluzno...

NIÑO
    ¡Y a mí también!

ZAPATERO *(Señalando con la varilla.)*
                    En un cortijo de Córdoba,
                    entre jarales y adelfas,
                    vivía un talabartero
                    con una talabartera.

(Expectación.)

Ella era mujer arisca;
él, hombre de gran paciencia;
ella giraba en los veinte
y él pasaba de cincuenta.
¡Santo Dios, cómo reñían!
Miren ustedes la fiera,
burlando al débil marido
con los ojos y la lengua.

*(Está pintada en el cartel una mujer que
mira de manera infantil y cómica.)*

ZAPATERA

¡Qué mala mujer!

ZAPATERO

Cabellos de emperadora
tiene la talabartera,
y una carne como el agua
cristalina de Lucena.
Cuando movía las faldas
en tiempo de Primavera
olía toda su ropa
a limón y a yerbabuena.

TODOS

¡Ay, qué limón, limón,
de la limonera!
¡Qué apetitosa
talabartera!

ZAPATERO

> Ved cómo la cortejaban
> mocitos de gran presencia
> en caballos relucientes
> llenos de borlas de seda.
> Gente cabal y garbosa
> que pasaba por la puerta
> haciendo brillar adrede
> las onzas de sus cadenas.
> La conversación a todos
> daba la talabartera
> y ellos caracoleaban
> sus jacas sobre las piedras.
> Miradla hablando con uno,
> bien peinada y bien compuesta,
> mientras el pobre marido
> clava en el cuero la lezna.
> Esposo viejo y decente,
> casado con joven tierna,
> ¡qué tunante caballista
> roba tu amor en la puerta!

(La ZAPATERA, *que ha estado dando suspiros, rompe a llorar.)*

ZAPATERO

¿Qué le pasa?

ALCALDE

Pero, ¡niña!... *(Da con la vara.)*

VECINA ROJA

¡Siempre llora quien tiene por qué callar!

VECINA MORADA
  Siga usted...

ZAPATERA
  Es que me da mucha lástima y no puedo contenerme,
  ¿lo ve usted?, no puedo contenerme...

ALCALDE
  ¡Chitón!

NIÑO
  ¿Lo ves?

ZAPATERO
  Hagan el favor de no interrumpirme... ¡Cómo se co-
  noce que no tienen que decirlo de memoria!

NIÑO *(Suspirando.)*
  ¡Es verdad!

ZAPATERO

> Un lunes por la mañana,
> a eso de las once y media,
> cuando el sol deja sin sombra
> los juncos y madreselvas,
> cuando alegremente bailan
> brisa y tomillo en la sierra
> y van cayendo las verdes
> hojas de las madroñeras,
> regaba sus alhelíes
> la arisca talabartera.
> Llegó su amigo trotando
> una jaca cordobesa

y le dijo entre suspiros:
«Niña, si tú lo quisieras,
cenaríamos mañana
los dos solos en tu mesa».
«¿Y qué harás de mi marido?»
«Tu marido no se entera.»
«¿Qué piensas hacer?» «¡Matarlo!»
«Es ágil; quizá no puedas.
¿Tienes revólver?» «¡Mejor!
Tengo navaja barbera»...
«¿Corta mucho?» «Más que el frío...

(La ZAPATERA *se tapa los ojos y aprieta al*
NIÑO. *Todos los* VECINOS *tienen una ex-*
pectación máxima.)

Y no tiene ni una mella»...
«¿No has mentido?» «Le daré
diez puñaladas certeras
en esta disposición
que me parece estupenda:
cuatro en la región lumbar,
una en la tetilla izquierda,
otra en semejante sitio
y dos en cada cadera.»
«¿Lo matarás enseguida?»
«Esta noche, cuando vuelva
con el cuero y con las crines
por la curva de la acequia»...

(En este último verso, y con toda rapidez,
se oye fuera del escenario un grito angus-
tiado y fortísimo. Otro grito más cerca.

> *Los* vecinos *se levantan. Al* Zapatero *se
> le cae de las manos el cartel y la varilla.
> Tiemblan todos cómicamente.)*

Vecina Negra
  ¡Ya han sacado las navajas!

Zapatera
  ¡Ay, Dios mío!

Vecina Roja
  ¡Virgen Santísima!

Zapatero
  ¡Qué escándalo!

Vecina Negra
  ¡Se están matando! ¡Se están cosiendo a puñaladas
  por culpa de esa mujer! *(Señala a la* Zapatera.)

Alcalde *(Nervioso.)*
  Vamos a ver...

Niño
  ¡Que me da mucho miedo!...

Vecina Verde
  ¡Acudir, acudir! *(Van saliendo.)*

Voz *(Fuera.)*
  ¡Por esa mala mujer!

ZAPATERO

Yo no puedo tolerar esto, ¡no lo puedo tolerar! *(Con las manos en la cabeza recorre la escena. Van saliendo rápidamente todos entre ayes y miradas furiosas a la* ZAPATERA. *Ésta cierra rápidamente la puerta y la ventana.)*

ESCENA 5.ª

ZAPATERA *y* ZAPATERO.

ZAPATERA

¿Y el niño? ¿Donde está el niño?

ZAPATERO

Se fue con las vecinas...

ZAPATERA

¿Ha visto usted qué infamia? Yo le juro por la preciosísima sangre de Nuestro Padre Jesús que soy inocente. ¡Ay!, ¿que habrá pasado? Mire, mire usted cómo tiemblo... *(Le enseña las manos.)* Parece que las manos se me quieren escapar ellas solas.

ZAPATERO

Ya verá como no ocurre nada.

ZAPATERA

Sí..., pero yo tengo mucho disgusto.

ZAPATERO

Calma, muchacha. ¿Es que su marido está en la calle?

ZAPATERA *(Llorando.)*

¿Mi marido? ¡Ay, señor mío!...

ZAPATERO

¿Qué le pasa?

ZAPATERA

Mi marido me dejó por culpa de las gentes y ahora me encuentro sola, sin calor de nadie.

ZAPATERO

¡Pobrecilla!

ZAPATERA

¡Con lo que yo le quería!... ¡Lo adoraba!

ZAPATERO *(En un arranque.)*

¡Eso no es verdad!

ZAPATERA *(Dejando de llorar.)*

¿Qué está usted diciendo?

ZAPATERO

Digo que es una cosa tan... incomprensible que... parece que no es verdad. *(Turbado.)*

ZAPATERA *(Extrañada.)*

Tiene usted mucha razón, pero yo desde entonces ni como, ni duermo, ni vivo, porque él era mi alegría, mi defensa...

ZAPATERO

¿Y queriéndolo tanto como lo quería la abandonó?
Por lo que veo su marido de usted era hombre de pocas luces...

ZAPATERA

Haga el favor de guardarse la lengua en el bolsillo.
Nadie le ha dado permiso para que dé su opinión...

ZAPATERO

¡Usted perdone! No he querido...

ZAPATERA

¡Digo!... ¡Cuando era más listo!

ZAPATERO *(Con guasa.)*

¿Síííí?

ZAPATERA

¡Sí! ¿Ve usted todos esos romances que usted canta y
cuenta por los pueblos? Pues todo eso es un ochavo
comparado con lo que él sabía... Él sabía... ¡el triple!

ZAPATERO *(Serio.)*

No puede ser...

ZAPATERA

Y el cuádruple... Me los decía todos a mí cuando nos
acostábamos. Historietas antiguas que usted no habrá
oído mentar siquiera... *(Gachona.)* ¡Y a mí me daba
un susto!... Pero él me decía...: «Preciosa de mi alma,
¡si esto ocurre de mentirijillas!»

ZAPATERO
   ¡Mentira!

ZAPATERA
   ¿Eh? ¿Se le ha vuelto el juicio?

ZAPATERO
   ¡Mentira!

ZAPATERA
   Pero ¿qué es lo que está usted diciendo, titiritero del
   demonio?

ZAPATERO *(Fuerte y de pie.)*
   Que tenía mucha razón su marido de usted: esas historietas son pura mentira, fantasía nada más.

ZAPATERA
   Naturalmente, señor mío. Parece que me toma por
   tonta de capirote... Pero no me negará usted que di-
   chas historietas impresionan.

ZAPATERO
   ¡Ah, eso ya es harina de otro costal!... Impresionan a
   las almas impresionables.

ZAPATERA
   Todo el mundo tiene sentimientos.

ZAPATERO
   Según se mire. He conocido mucha gente sin sentimiento. Y en mi pueblo vivía una mujer, en cierta
   época, que tenía el suficiente mal corazón para hablar

con sus amigos por la ventana mientras el marido hacía botas y zapatos de la mañana a la noche.

ZAPATERA *(Levantándose y cogiendo una silla.)*
   ¿Eso lo dice por mí?

ZAPATERO
   ¿Cómo?

ZAPATERA
   ¿Que si va con segunda? ¡Dígalo! ¡Sea valiente!

ZAPATERO
   Señorita, ¿qué está usted diciendo? ¿Qué sé yo quién es usted? Yo no la he ofendido en nada, ¿por qué me falta de esa manera? ¡Pero es mi sino!

ZAPATERA *(Enérgica, pero conmovida.)*
   Mire usted, buen hombre: yo he hablado así porque estoy sobre ascuas. Todo el mundo me asedia, todo el mundo me critica. ¿Cómo quiere que no esté acechando la ocasión más pequeña para defenderme? Si estoy sola, si soy joven y vivo de mis recuerdos... *(Llora.)*

ZAPATERO
   Ya comprendo, preciosa joven. Lo comprendo mucho más de lo que pueda imaginarse, porque... ha de saber usted, con toda clase de reservas, que su situación es..., sí, no cabe duda, ¡idéntica a la mía!

ZAPATERA
   ¿Es posible?

ZAPATERO

A mí... ¡me abandonó mi esposa!

ZAPATERA

¡No pagaba con la muerte!

ZAPATERO

Ella soñaba con un mundo que no era el mío, era fantasiosa y dominante, gustaba demasiado de la conversación y las golosinas que yo no podía costearle, y un día tormentoso de viento huracanado me abandonó para siempre.

ZAPATERA

¿Y qué hace usted ahora corriendo mundo?

ZAPATERO

Voy en su busca para perdonarla y vivir con ella lo poco que me queda de vida. A mi edad ya se está malamente por esas posadas de Dios.

ZAPATERA

¡Quién pudiera hacer lo mismo!

ZAPATERO

La casa de uno, sea como sea, es la Gloria in Excelsis Deo.

(Música.)

ZAPATERA

Las manos de mi cariño
te están bordando una capa

con agremán de alhelíes
y con esclavina de agua.
Los zapatos que tú hacías,
zapatero de mi alma,
son estrellas que relucen
alrededor de mi cama.
La Luna es un pozo chico,
las rosas no valen nada;
lo que valen son tus brazos
cuando de noche me abrazan.

ZAPATERO

¡Ay mi niña zapatera!
¡Ay, espejo de mi casa!
Con los martillos diré
la alegría de tu cara.

ZAPATERA

¿Por dónde estarás andando
con tu cintura entallada?

ZAPATERO

Quiero un rico pan moreno
con sueño de tu almohada.

ZAPATERA

Cuando fuiste novio mío
por la primavera blanca
los cascos de tu caballo
cuatro sollozos de plata.

ZAPATERO

¡Ay, mi niña zapatera!
¡Ay, espejo de mi casa!

ZAPATERA

> Los cascos de tu caballo,
> cuatro sollozos de plata.

(Cesa la música.)

¡Ay! Me es usted simpático, simpático y requetesimpático como ningún hombre me ha sido en el mundo, porque se encuentra en mi misma situación.

ZAPATERO
Verdaderamente, es un caso raro.

ZAPATERA
Y siento un gran bienestar porque sé que usted es capaz de comprenderme perfectamente. ¿Verdad que sí?

ZAPATERO *(Levantándose.)*
¡Sí! Y estoy convencido además de que Dios ha guiado mis pasos hacia este pueblo para consolarla en lo que pueda y consolarme yo al mismo tiempo.

ZAPATERA
Tome un poquito de café caliente, que después de toda esta tracamandana le servirá de salud. *(Va al mostrador a echar el café y vuelve la espalda al ZAPATERO.)*

ZAPATERO *(Persignándose exageradamente y abriendo los ojos.)*
¡Dios te lo pague, clavellinita encarnada!

> *(La ZAPATERA le ofrece la taza, se queda con el plato en la mano y él bebe a sorbos.)*

VECINA 1.ª

¡Comadre!

VECINA 2.ª

¡Comadre!

VECINA 3.ª

Lo que estamos viendo
no lo ha visto nadie.

VECINA 1.ª

Naranjas y vino.

VECINA 2.ª

Taza de café.

VECINA 3.ª

Y a la media noche
la sopa de miel.

VECINA 1.ª

Presume de santa.

VECINA 2.ª

Presume de buena.

VECINA 3.ª

Y se frota el cuerpo
con albahaca fresca.

VECINA 1.ª

Comadre, silencio.

VECINA 2.ª

Silencio, comadre.

VECINA 3.ª

Lo que estamos viendo
no lo ha visto nadie.

ZAPATERA

¿Está bueno?

ZAPATERO

Como hecho por sus manos.

ZAPATERA

Muchas gracias.

ZAPATERO

Huele, como debe oler esa hermosísima mata de pelo:
a jacintos, a agua de colonia... *(Entre cómico y serio.)*

ZAPATERA *(Blanda.)*
¡Dios se lo pague!

ZAPATERO

No cambio yo este instante por toda una eternidad
comiendo bizcotelas y tocino de cielo.

ZAPATERA *(Tonta, gachona.)*
¡Vaya si lo cambiaría!

ZAPATERO *(Vehemente.)*
¡De ninguna manera! ¿Qué más puede apetecer un
hombre de cierta edad que encontrarse delante de

una mujer tan hermosa como usted, después de haber aprendido que en todas partes del mundo se está mal, menos en la casa que uno se forma aunque se esté en ella pésimamente?

very bad

ZAPATERA

¡Qué verdad tan grande!

ZAPATERO

¡Ay, qué envidia me da su marido!

ZAPATERA

¿Por qué?...

ZAPATERO

¡Porque se pudo casar con la mujer más preciosa de la Tierra!

ZAPATERA

¡Qué cosas tiene!...

ZAPATERO

Y ahora casi me alegro de tenerme que marchar, porque usted sola, yo solo, usted tan guapa y yo con mi lengua en su sitio, me parece que se me escaparía cierta insinuación...

ZAPATERA

¿Qué quiere decir?

ZAPATERO (*Bajo.*)

Quiero decir... que..., como somos lo que se dice dos viudos..., podíamos consolarnos de muchas maneras, hasta..., ¡sí!, queriéndonos...

ZAPATERA

> Por Dios, ¡quite de ahí!, ¿qué se figura? Yo guardo mi
> corazón entero para el que está por esos mundos,
> para quien debo, ¡para mi marido!

ZAPATERO *(Contentísimo y tirando el sombrero al suelo.)*

> ¡Eso está pero que muy bien! Así son las mujeres ver-
> daderas, ¡así!

ZAPATERA *(Un poco guasona y sorprendida.)*

> Me parece a mí que usted está un poco... *(Se lleva el
> dedo a la sien.)*

ZAPATERO

> Lo que usted quiera. Pero sepa y entienda que yo no
> estoy enamorado de nadie más que de mi mujer, mi
> esposa de legítimo matrimonio, ¡mi niña loca! *(Con-
> movido.)* Cuando se marchó de mi lado reconozco
> que no la quería mucho, pero ahora, cada minuto que
> pasa, la quiero más y más.

ZAPATERA

> Y yo de mi marido y de nadie más que de mi marido.
> ¡Cuántas veces lo he dicho para que lo oyeran hasta los
> sordos! *(Con las manos cruzadas.)* ¡Ay, qué zapaterillo
> de mi alma!

ZAPATERO *(Aparte.)*

> ¡Ay, qué zapaterilla de mi corazón!

(Golpes en la puerta.)

ESCENA 6.ª

Zapatera, Zapatero y Niño.

ZAPATERA
¡Jesús! Está una en un continuo sobresalto.

ZAPATERO
¿Quiere usted que abra la puerta?

ZAPATERA
Bien mirado no sé qué hacer...

(Más golpes.)

ZAPATERO
Usted dirá..., pero en todo caso yo estoy aquí...

ZAPATERA
¡Dios se lo pague!

ZAPATERO
¡Abra!

ZAPATERA
¿Quién es?

NIÑO
Abre.

ZAPATERA
Pero ¿es posible? ¿Cómo has venido?

NIÑO

¡Ay, vengo corriendo para decírtelo!

ZAPATERA

¿Qué ha pasado?

NIÑO

Se han hecho heridas con las navajas dos o tres mozos, y te echan a ti la culpa. Heridas que echan mucha sangre. Todas las mujeres han ido a ver al juez para que te vayas del pueblo, ¡ay! Y los hombres querían que el sacristán tocara las campanas para cantar tus coplas.

(El NIÑO *está jadeante y sudoroso.)*

ZAPATERA

¿Lo está usted viendo?

NIÑO

Toda la plaza está llena de corrillos, parece la feria, ¡y todos contra ti!

ZAPATERO

¡Canallas! Intenciones me dan de salir a defenderla...

ZAPATERA

¿Para qué? Lo meterían en la cárcel. Yo soy la que va a tener que hacer algo gordo.

NIÑO

Desde la ventana de tu cuarto puedes ver el jaleo de la plaza...

ZAPATERA

Vamos. Quiero cerciorarme de la maldad de las gentes. *I want to afirm myself of the wickedness of the people.*

ESCENA 7.ª

ZAPATERO.

ZAPATERO

¡Sí, sí, canallas!... ¡Pero pronto ajustaré cuentas con todos! ¡Y me las pagarán!... ¡Ay, casita mía, qué calor más agradable sale por tus puertas y ventanas!... ¡Y ay, qué terribles paradores, qué malas comidas, qué sábanas de lienzo moreno por esos caminos del mundo! ¡Y qué disparate no sospechar que mi mujer era de oro puro, del mejor oro de la Tierra! ¡Casi me dan ganas de llorar!

ESCENA 8.ª

ZAPATERO y VECINAS.

VECINA ROJA

Buen hombre...

VECINA AZUL

Buen hombre...

VECINA ROJA
Salga enseguida de esta casa. Usted es persona decente y no debe estar aquí.

VECINA AZUL
Ésta es la casa de una leona, de una hiena...

VECINA ROJA
De una malnacida, desengaño de los hombres...

VECINA AZUL
Pero o se va del pueblo o la echamos. ¡Nos trae locas!

VECINA ROJA
¡Muerta la quisiera ver!

VECINA AZUL
Amortajada con su ramo en el pecho.

ZAPATERO *(Angustiado.)*
¡Basta!

VECINA ROJA
Ha corrido la sangre.

VECINA AZUL
No quedan pañuelos blancos.

VECINA ROJA
Dos hombres como dos soles...

VECINA AZUL
Con las navajas clavadas...

ZAPATERO *(Fuerte.)*
  ¡Basta ya!

VECINA ROJA
  Por culpa de ella.

VECINA AZUL
  ¡Ella, ella y ella!

VECINA ROJA
  Miramos por usted.

VECINA AZUL
  Le avisamos con tiempo.

ZAPATERO
  ¡Grandísimas embusteras, mentirosas, malnacidas!
  ¡Os voy a arrastrar del pelo!

VECINA ROJA *(A la otra.)*
  ¡También lo ha conquistado!

VECINA AZUL
  A fuerza de besos habrá sido.

ZAPATERO
  ¡Así os lleve el demonio! ¡Basiliscos! ¡Perjuras!...

VECINA NEGRA *(En la ventana.)*
  ¡Comadre, corra usted!

(Las VECINAS *salen corriendo.)*

Vecina Roja
    ¡Otro en el garlito!

Vecina Azul
    ¡Otro!

Zapatero
    ¡Sayonas! ¡Tarascas! ¡Os pondré navajillas barberas
    en los zapatos! ¡Me vais a soñar!....

ESCENA 9.ª

Zapatero, Zapatera y Niño.

Niño (*Entrando rápido.*)
    Ahora entraba un grupo de hombres en casa del Al-
    calde. Voy a ver lo que dicen...

                    (*Sale corriendo. Al mismo tiempo pasa
                    por el fondo una figura de amarillo.*)

Zapatera (*Valiente.*)
    Pues aquí estoy si se atreven a venir. Y con serenidad
    de familia de caballistas, que he cruzado muchas veces
    la sierra sin hamugas, a pelo sobre los caballos.

Zapatero
    La compadezco de todo corazón.

Zapatera
    Perdéis el tiempo, porque yo espero ganar la batalla.

ZAPATERO

¿Y no flaqueará algún día su fortaleza?

ZAPATERA

Nunca se rinde la que, como yo, está sostenida por el amor y la honradez. Soy capaz de seguir así hasta que se me vuelva cana toda mi mata de pelo.

ZAPATERO (*Conmovido y avanzando hacia ella.*)

¡Ay!...

ZAPATERA

¿Qué le pasa?

ZAPATERO

Me emociono...

ZAPATERA

Mire usted: tengo a todo el pueblo encima, quieren venir a matarme y, sin embargo, no tengo ningún miedo. La navaja se contesta con la navaja y el palo con el palo, pero cuando de noche cierro esa puerta y me voy sola a mi cama..., me da una pena, ¡qué pena!, ¡y paso unas sofocaciones!... Que cruje la cómoda, ¡un susto!; que suenan con el aguacero los cristales del ventanillo, ¡otro susto!; que yo sola meneo sin querer las perinolas de la cama, ¡susto doble! Y todo esto no es más que miedo a la soledad donde están los fantasmas que yo no he visto porque no los he querido ver, pero que vieron mi madre, y mi abuela, y todas las mujeres de mi familia que han tenido ojos en la cara.

ZAPATERO

¿Y por qué no cambia de vida?

ZAPATERA
   ¿Pero usted está en su juicio? ¿Qué voy a hacer? ¿Dónde voy así? Aquí estoy y Dios dirá.

ZAPATERO *(Decidido.)*
   ¡Mira!...

ZAPATERA
   ¿Qué?

ZAPATERO
   Mire usted, señora, ¿y por qué?...

ZAPATERA *(Rápida.)*
   No me dé consejos que estoy de ellos hasta la coroni-
   lla, y además sé lo que tengo que hacer perfectamente.

ZAPATERO
   Sí... Estoy conmovido..., ya ve usted..., casi casi con
   lágrimas en los ojos, ¡lo que no me había pasado nunca!, ¡y es sin querer!

ZAPATERA
   Tampoco quiero dar lástima a las personas.

ZAPATERO *(Inquieto.)*
   ¿Qué hora será?

ZAPATERA
   Las seis de la tarde...

                    *(Fuera y muy lejanos se oyen murmullos y
                    aplausos.)*

ZAPATERO

Yo lo siento mucho, pero tengo que emprender mi camino antes que la noche se me eche encima.

ZAPATERA

Todavía tiene tiempo.

ZAPATERO *(Haciendo como que se despide.)*

¡Pero me voy! ¡Ya no la molesto más!

ZAPATERA

¿Tan pronto?

ZAPATERO

¡Es mi sino! De pueblo en pueblo, aquí caigo y allí le-
vanto, por esos barrizales de Dios en el invierno, por
esos polvillares de Dios en las terribles calores.

ZAPATERA

¡Mire usted que la vida!...

ZAPATERO

Para eso hemos nacido.

ZAPATERA

Pues yo no me conformo.

ZAPATERO

¿Qué remedio queda?

ZAPATERA

Quedan las uñas para arañar al primero que se presente...

ZAPATERO *(Serio y enérgico.)*
Las uñas, sépalo de una vez, no dan resultado. ¿Cuánto debo? *(Coge el cartelón.)*

ZAPATERA
Nada.

ZAPATERO
¡No transijo!

ZAPATERA
Lo comido por lo servido...

ZAPATERO
Muchas gracias. *(Triste, se carga el cartelón.)* Entonces..., adiós..., para toda la vida..., porque a mi edad... *(Está conmovido.)*

ZAPATERA *(Reaccionando.)*
Yo no quiero despedirme así... Yo soy mucho más alegre... *(En voz clara.)* Buen hombre, Dios quiera que encuentre usted a su mujer, para que vuelva a vivir con el cuido y la decencia a que estaba acostumbrado.

ZAPATERO
Igualmente le digo de su esposo. Pero usted ya sabe que el mundo es reducido. ¿Qué quiere que le diga si por casualidad me lo encuentro en mis caminatas?

ZAPATERA
Dígale usted que lo adoro.

ZAPATERO *(Acercándose.)*
¿Y qué más?

Zapatera *(Apasionada.)*
Que día y noche lo tengo metido en lo más hondo de mi pensamiento...

Zapatero *(Entusiasmado y más cerca.)*
¿Y qué más?, ¿qué?, ¿qué?

Zapatera
Que a pesar de sus cincuenta y tantos años, ¡benditísimos cincuenta años!, me resulta más juncal y torerillo que todos los hombres del mundo.

Zapatero
¡Niña, qué primor! Le quiere usted tanto como yo a mi mujer.

Zapatera
¡Muchísimo más!

Zapatero
¡No es posible! Yo soy como un perrillo y mi mujer manda en el castillo, ¡pero que mande!, ¡tiene más sentimiento que yo! *(Está cerca de ella y como adorándola.)*

Zapatera
Y no se le olvide decirle que lo espero, que el invierno tiene las noches largas.

Zapatero
Entonces, ¿lo recibiría usted bien?

Zapatera
¡Como si fuera el rey y la reina juntos!

ZAPATERO
¿Y si por casualidad llegara ahora mismo?

ZAPATERA
Me volvería loca de alegría.

ZAPATERO
¿Le perdonaría su locura?

ZAPATERA
¡Cuánto tiempo hace que se la perdoné!

ZAPATERO
¿Quiere usted que llegue ahora mismo?

ZAPATERA
¡Ay, si viniera!

ZAPATERO *(Gritando.)*
Pues aquí está.

ZAPATERA
¿Qué está usted diciendo?

ZAPATERO *(Quitándose las gafas y el disfraz.)*
¡Que ya no puedo más, zapatera de mi corazón! *(La* ZAPATERA *retrocede espantada y queda suspensa con un hipo largo y cómico.)* ¿Qué te pasa, prenda mía? Te lo he dicho sin prepararte y es demasiado.

ZAPATERA *(Gritando al fin.)*
¡Ay, Dios mío!

ZAPATERO

Perdóname. En el pecado llevo la penitencia. He sufrido mucho y, aunque hubieras sido mala, tenía necesariamente que volver. *(Abraza a la* ZAPATERA *y ésta lo mira fijamente en medio de su crisis.)*

(Fuera se oye un runrún de coplas.)

ZAPATERA

¿Lo oyes? ¡Pillo! ¡Tunante! ¡Granuja! ¡Por tu culpa!

ZAPATERO *(Emocionado, dirigiéndose al banquillo.)*

¡Mujer de mi corazón!

ZAPATERA

¡Corremundos! ¡Ay, cómo me alegra que hayas venido! ¡Qué vida te voy a dar!... ¡Ni la Inquisición! ¡Ni los templarios de Roma!

ZAPATERO

¡Casa de mi felicidad! *(En el banquillo.)*

(Las coplas se oyen cerquísima. Las VECINAS *aparecen en la ventana.)*

ZAPATERA

¡Qué desgraciada soy! ¡Con este hombre que Dios me ha dado! *(Yendo a la puerta.)* ¡Callarse, largos de lengua, judíos colorados! Y venid, venid ahora si queréis. Ya somos dos a defender mi casa, ¡dos!, ¡dos! ¡Yo y mi marido!... ¡Con este pillo! ¡Con este granuja!

*(El ruido de las coplas llena la escena.
Una campana rompe a tocar lejana y furiosamente.)*

TELÓN

Apéndice
a «La zapatera prodigiosa»

- La zapatera prodigiosa -

- Acto segundo -

La misma decoración.

A la izquierda el banquillo arrumbado y a la derecha un pequeño mostrador, y unas mesas con botellas y vasos

Al levantarse el telón está la escena sola y se oyen fuera unas voces de niño que acompañadas de panderos y piedras cantan.

Est

La señora zapatera
al marcharse su marido
ha montado una taberna
donde acude el señorío. na ti agua

Ay paca paca picara
que apetitosa zapaterilla.

Ya la corteja el alcalde
ya la corteja Don Miribo
Alrededor de su puerta
tiene música y cumplidos

1. «La zapatera prodigiosa» [Esbozo]

Era un zapatero que no tenía nada más que su mujer, y su mujer no lo quería nada porque andaba tonteando con los mozos del pueblo. Y un día el zapatero descubrió que él tampoco estaba enamorado de su mujer, y se puso muy contento. Y ella era joven, pero él era viejo y decidió marcharse de la casa porque estaba harto de hacer zapatos. Y comunicó el asunto a Mirlo, que estaba enamorado de su mujer, y su mujer se puso triste porque al menos le daba de comer, y vio lo bueno que era. Ya casi estaba dispuesta a pedirle perdón, pero él se había marchado. Y ella se quedó triste y dijo a don Mirlo: «Hazme el amor». Y Mirlo le decía: «Ya voy», pero estaba muy amargado porque no tenía dinero y toda su juventud era pintura. Y ella recordó al viejo simpático, pero fuerte, que tanto la quería, y recordó: «¡Qué bien se portaba! Sería viejo, pero ¡qué bien se portaba!» Y entristeció. Y venían los mozos del pueblo para echarle serenatas, pero ella no les hacía caso, diciendo: «Él sí que valía». Y puso Posada para ganar dinero. Y vino un contrabandista barbudo y simpático, y le hizo el amor locamente, y ella no lo quiso. Y entonces le dijo que la quería con el alma, pero que no podría casarse porque estaba casado. Y entonces ella se enamoró de él, pero estaba indecisa, porque se acordaba de su queridísimo zapatero. Y el contrabandista, que era el zapatero disfrazado, al oír las cosas que ella decía del zapatero, le dijo: «Pues yo me iré». Pero ella no lo dejó, porque también le gustaba. Y entonces él se arrancó las patillas y le dijo: «Aquí estoy». Y entonces ella, como una furia, empezó a reñirle de la misma manera que antes de irse, y empezó a suspirar por don Mirlo delante de él. Y don Mirlo pasó por la calle, pero, al llamarlo, él salió corriendo. Y pasó Amargo haciéndole señas, pero ella le hizo burla, y dijo a su marido: «Conque tanto tiempo fuera de casa... Ya te arreglaré.» Y él se convenció de que ahora era cuando más la quería. Y se puso en el banquillo a trabajar mientras ella como una furia arreglaba la casa. Y telón.

[Inédito, anterior a 1924.]

11. [Autocrítica* (Buenos Aires, 1933)]

Deseo que las declaraciones que yo haga al público argentino sobre mi obra sean por intermedio de *La Nación*. Para ello he escrito las que van a leerse y son las que revelan el contenido exacto de mi pensamiento y el fondo y el detalle de mi obra. Me mueve a hacerlo así, no sólo la importancia del periódico que me abre sus columnas, sino mi condición de colaborador y viejo amigo de este diario. Así, pues, por intermedio de *La Nación*, tendrá el público argentino, verdaderamente, el anticipo de lo que me he propuesto realizar en *La zapatera prodigiosa*.

Escribí *La zapatera prodigiosa* el año 1926, poco después de terminar *Mariana Pineda*, y no se estrenó hasta el 1930

* García Lorca publicó esta presentación de *La zapatera* en *La Nación*, el prestigioso periódico de Buenos Aires, el 30 de noviembre de 1933. Su texto, al que he añadido título explicativo, iba precedido de la siguiente entradilla: «Mañana se dará a conocer el el Avenida *La zapatera prodigiosa*, farsa lírica en dos partes, de Federico García Lorca. Su anuncio ha despertado la expectativa justificada por el interés de conocer la segunda pieza que se dará entre nosotros del aplaudido autor de *Bodas de sangre*. Como anticipo de su próximo estreno, García Lorca nos ha escrito las siguientes declaraciones previas.»

por la compañía de Margarita Xirgu. Pero la obra que yo monté en el teatro Español fue una versión de cámara, donde esta farsa adquiría una mayor intimidad, pero perdía todas sus perspectivas rítmicas.

En realidad, su verdadero estreno es en Buenos Aires, ligado con las canciones características del XVIII y XIX y bailada por la gracia extraordinaria de Lola Membrives con el apoyo de su compañía.

La zapatera prodigiosa es una farsa simple, de puro tono clásico, donde se describe un espíritu de mujer, como son todas las mujeres, y se hace, al mismo tiempo y de manera tierna, un apólogo del alma humana.

Así, pues, la Zapaterita es un tipo y un arquetipo a la vez; es una criatura primaria y es un mito de nuestra pura ilusión insatisfecha.

Era el verano de 1926. Yo estaba en la ciudad de Granada rodeado de negras higueras, de espigas, de pequeñas coronitas de agua; era dueño de una caja de alegría, íntimo amigo de las rosas, y quise poner el ejemplo dramático de un modo sencillo, iluminando con frescos tonos lo que podía tener fantasmas desilusionados.

Las cartas inquietas que recibía de mis amigos de París en hermosa y amarga lucha con un arte abstracto me llevaron a componer, por reacción, esta fábula casi vulgar con su realidad directa, donde yo quise que fluyera un invisible hilo de poesía y donde el grito cómico y el humor se levantan, claros y sin trampas, en los primeros términos.

Yo quise expresar en mi Zapatera, dentro de los límites de la farsa común, sin echar mano a elementos poéticos que estaban a mi alcance, la lucha de la realidad con la fantasía (entendiendo por fantasía todo lo que es irrealizable) que existe en el fondo de toda criatura.

La Zapatera lucha constantemente con ideas y objetos reales porque vive en su mundo propio, donde cada idea y cada objeto tienen un sentido misterioso que ella misma ignora. No ha vivido nunca ni ha tenido novios nunca más que en la otra orilla, donde no puede ni podrá nunca llegar.

Los demás personajes le sirven en su juego escénico sin tener más importancia de lo que la anécdota y el ritmo del teatro requiere. No hay más personaje que ella y la masa del pueblo que la circunda con un cinturón de espinas y carcajadas.

El dato más característico de la Zapaterilla loca es que no tiene más amistad que la de una niña pequeña, compendio de ternura y símbolo de las cosas que están en semilla y tienen todavía muy lejana su voluntad de flor. Lo más característico de esta simple farsa es el ritmo de la escena, ligado y vivo, y la intervención de la música, que me sirve para desrealizar la escena y quitar a la gente la idea de que aquello «está pasando de veras», así como también para elevar el plano poético con el mismo sentido con que lo hacían nuestros clásicos.

El lenguaje es popular, hablado en castellano, pero de vocablos y sintaxis andaluzas, permitiéndome a veces, como cuando predica el zapatero, una leve caricatura cervantina.

La obra tiene un romance hecho a la manera de los viejos romancistas de cartel, y también compuse las letras de las canciones para que me sirvieran en el hilo de la fábula.

Así, pues, en un momento, cuando la realidad del pueblo canta:

> Ya la corteja el alcalde,
> ya la corteja Don Mirlo.
> Zapatera, Zapatera,
> Zapatera, te has lucido,

ella en un sueño puro responde:

Cuando fuiste novio mío
por la primavera blanca,
los cascos de tu caballo
cuatro sollozos de plata.

FEDERICO GARCÍA LORCA

[En Marie Laffranque, «Déclarations et interviews retrouvés», *Bulletin Hispanique*, LVIII, 3, 1956, pp. 324-326.]

III. Antes del estreno.
Hablando con Federico García Lorca

EL HOMBRE

(...)

2.–*Se para, cuenta algo..., de ese algo surge algo más... El cronista calla, y él, resbalando con sus eses y sus miradas, cruza el mar, planea sobre las campiñas adormecidas y llega hasta horizontes de imaginación hilando y tejiendo audazmente lo que es y lo que pudo ser.*

3.–*En el fondo un clásico. Temperamento dramático. Ópera pura. Orquestación lírica... Romances... Arias, concertantes, armonía...*

LA IDEA

(...)

5.–*Fue almorzando. Pudimos hablar los dos; antes fue él solo quien dijo:*

–Se llama *La zapatera prodigiosa*. La Xirgu, admirable... Pascuala Mesa..., todos..., son todos... Es que mi concepto del teatro llega siempre al fondo de todos los temperamentos; bueno, esto es lo que yo pienso, como yo lo veo...

El coro..., intervención directa; es la voz de la conciencia, de la religión, del remordimiento.

El coro es algo insustituible, algo tan profundamente teatral, que su exclusión no la concibo.

No, no... ¿Clásico? No, no... Entiéndeme... De lo clásico, el corte amplio, magnífico, teatral, concepción gigante..., eso sí...; pero con libertad, sin tendencias minúsculas de ideas; teatro que respire con fuerza titánica, buscando en lo popular, en el pueblo, el nervio, el alma, la acción...

Figuras, ambiente..., imaginativos. Pero una vez buscados, verlos abajo, junto a la tierra, en su vida..., en su medio pasional..., procurando coger esos momentos sublimes de explosión lírica, epílogo de los seres torturados,

6.–*La zapatera prodigiosa*... Sabor..., ambiente andaluz; pero andaluz –insiste–, alma andaluza, lenguaje andaluz. Yo quisiera que vieras bien la diferencia en mis tipos andaluces de otros que...

7.–No; no es *mi obra*. Mi obra vendrá...; ya tengo algo..., algo. Lo que venga será *mi obra*. ¿Sabes cómo titulo *mi obra? El público*. Ésa sí..., ésa sí... Dramatismo profundo, profundísimo...

8.–Sí; quiero a mi *Zapatera*. Zapaterita prodigiosa... Es la lucha perpetua, con su fondo dramático expuesto tranquilamente, sencillamente (yo creo que por esto más íntimo) entre la fuerza de la ilusión sentida hacia lo que huyó de nuestra mirada y la fuerza de la realidad, la pobreza de la realidad, cuando vemos llegar a lo que perdimos y por perdido encendió tanta ilusión... La maravilla de lo que creímos que era y la vulgaridad de lo que es.

9.–Mi *Zapatera prodigiosa*, algo posterior a *Mariana Pineda*, es de corte teatral parecido.

10.–¡Ah!... Escenarios y figurines míos. Son cosas, la

concepción y el ambiente, tan unidos a los tipos, sus trajes, sus colores, que es casi imposible surja una compenetración entre el que los confecciona y el autor que los ha visto moverse y vivir mientras corría la pluma.

11.–El prólogo lo digo yo... Esto es cosa mía... Debo compartir la zozobra del estreno como autor y como actor... Con una gran capa llena de estrellas..., esa gran capa..., maravillosa capa... Empiezo: «Respetable público; mejor dicho...»

Y en ese *mejor dicho* va un grado de sinceridad, de gran fuerza, de algo..., ese algo tan sugestivo de los que como nuevos abren paso a los nuevos de después.

EL AUTOR

12.–*Me terminaba de contar una anécdota. Decía: «En un segundo piso desalquilado»...*

Era una anécdota romancesca, atrevida, intensamente popular...

Llegamos al teatro. Margarita Xirgu, con su poeta nuevo, su abrigo de ensayo y su melena colaboradora, indispensable del gesto dramático, recita suavemente, dulcemente...

13.–*Es la farsa por dentro. Aquí tiene tanta vida como por fuera... Del silencio viene el canto del coro... Un personaje tan personaje como la Vecina encarnada, la Vecina verde, que entran en el reparto de* La zapatera prodigiosa.

Ahí está el teatro Español, profundamente español... Ayer, Calderón. Hoy, García Lorca. Mañana, Eduardo Marquina. Escuchábamos el romance viejo que canta tras el cristal la voz del pueblo... Aquel romance. (...)

[*La Libertad*, Madrid, 24-XII-1930. (En Christopher Maurer, «Five un collected interviews», *García Lorca Review*, VII, 2, 1979.)]

IV. [Reposición de «La zapatera» por el Club Teatral de Cultura]

(...)

–*¿Hoy comienza su actuación el Club Teatral de Cultura?*

–En el Español. Con una obra ya conocida y otra inédita, ambas mías para predicar con el ejemplo.

La zapatera prodigiosa la estrenó la Xirgu, y dio al personaje un ritmo y un color que le valió el triunfo. Ahora, por cierto, la pide Max Reinhardt para hacer una interpretación española, acentuando probablemente su carácter de pantomima. Yo quiero enviarle la música para animar las escenas.

–*¿...?*

–*La zapatera* es una farsa, más bien un ejemplo poético del alma humana, y es ella sola la que tiene importancia en la obra. Los demás personajes la sirven y nada más.

–*Pero la estampa...*

–El color de la obra es accesorio y no fundamental como en otra clase de teatro. Lo mismo pude poner este mito espiritual entre esquimales. La palabra y el ritmo pueden ser andaluces, pero no la sustancia.

–*El carácter universal de la protagonista...*

–Desde luego, la zapatera no es una mujer en particular, sino todas las mujeres... Todos los espectadores llevan una zapatera volando por el pecho.

(...)

[Una interesante iniciativa. El poeta Federico García Lorca habla de los clubs teatrales», *El Sol*, 5-IV-1933. (Entrevista recogida por Marie Laffranque, *Bulletin Hispanique*, LVI, 3, 1954, pp. 274-277.)]

V. «Es una farsa muy española con ritmo de ballet», dice el joven poeta

Está el escenario del Avenida lleno de música. Danzan y cantan Lola Membrives, Helena Cortesina y Trinidad Carrasco, mientras Federico García Lorca les marca el ritmo con las palmas y les hace alguna indicación sobre la letra. Se está ensayando La zapatera prodigiosa, *segunda producción dramática del autor de* Bodas de sangre.

En el intervalo que ofrece un descanso, García Lorca nos explica cómo hace marcar a una compañía de comedia el compás de un «ballet».

–Yo hubiera clasificado a *La zapatera prodigiosa* como «pantacomedia», si la palabra no me sonara a farmacia... –dice el poeta humorísticamente–. Y es que, como ustedes han podido ver, la obra es casi un «ballet», es una pantomima y una comedia al mismo tiempo.

La zapatera prodigiosa responde a un afán de claridad, de sencillez, de limpieza. Cuando la escribí, todos los autores jóvenes andaban dándole vueltas al teatro abstracto, escribiendo cosas extravagantes, haciendo hablar a las puertas y a las ventanas. Para mí, *La zapatera prodigiosa* fue como un puñetazo sobre la mesa.

»Con esta obra, que siguió en mi producción teatral a *Mariana Pineda,* he tratado de hacer una farsa muy española y de lenguaje muy puro. Pero en absoluto pintoresca. Yo nunca voy a lo pintoresco, según han podido ver ustedes en *Bodas de sangre.* En *La zapatera prodigiosa,* como en esta otra obra, la acción transcurre en un pueblecito andaluz, de un ambiente alegrísimo. ¿En cuál? En cualquiera. Porque el andalucismo de mis obras es abstracto, con ser muy característico. Tanto es así, que el lenguaje, el vocabulario puesto por mí en la pieza interesó vivamente a varios profesores del Centro de Estudios Históricos, discípulos de Menéndez Pidal en Filología. Pedro Salinas, poeta y catedrático, analizó, precisamente, fragmentos del diálogo de *La zapatera.*

–*¿Qué representa la figura central de la obra?*

–Me alegro de que me hagan ustedes esa pregunta, porque en el personaje está el significado de la farsa. Es como un apólogo del alma humana. La zapaterita representa a todas las mujeres del mundo y también el alma humana. Por eso, la farsa, en el fondo, es un gran drama. Lo dice el autor al leer el prólogo: Pude llevar los personajes de esta pantomima detrás de las rocas y del musgo donde viven las criaturas de la tragedia.

La zapatera –continúa García Lorca– lucha contra la realidad y contra la fantasía, si la fantasía se le convierte en realidad. Es una síntesis del alma femenina y también del alma humana, como he dicho antes. Pero sin trascendentalismos, sin nebulosidades. Todo presentado sencillamente y en tono de farsa.

–*¿Y esas canciones?*

–No las encontrarás en ningún cancionero. Son canciones populares españolas de los siglos XVIII y XIX, recogidas y armonizadas por mí. Con ellas podré presentar *La zapatera prodigiosa* de forma completa. Tres veces he montado la obra y de manera diferente. Nunca con tanta satisfacción, tan a mi gusto como ahora.

–¿*Cuándo la estrenó usted?*

–El año 1930, en el teatro Español, de Madrid, con la compañía de Margarita Xirgu. Después, en el Club Teatral, que yo fundé para luchar contra las sociedades filodramáticas, empeñadas en representar obras caducas y sin ningún interés. Pero esta versión de *La zapatera prodigiosa* será la definitiva, la mejor. Ya han visto ustedes en el ensayo qué bien está Lola Membrives. Y lo digo con toda sinceridad. Pocas actrices ha habido como ella. Tiene la categoría de las grandes cómicas antiguas. Cómo canta y cómo baila y qué flexibilidad la de su temperamento. Este papel de *La zapatera prodigiosa* es muy adecuado para ella.

–¿*Terminó usted* Yerma?

–No. He de ir al campo, a algún rincón verde y tranquilo, para concluirla.

–¿*Se estrenará en Buenos Aires?*

–No sé, no sé. En cambio, es casi seguro que estrene *Amor de don Perlimplín con Belisa en su jardín,* una aleluya, una cosita ligera, en un acto, muy diferente de *Yerma* y de *Bodas de sangre.*

Vuelven a repiquetear las músicas andaluzas en el escenario del Avenida y Federico García Lorca se va para continuar dirigiendo el ensayo.

[*La Razón,* Buenos Aires, 28-XI-1933. (Entrevista por primera vez recogida.)]

VI. Mientras se abre la zapatería, un párrafo de charla con Federico García Lorca

Están ensayando. Una veintena de personas que asiste al ensayo se mueve alborozada y conmovida en las butacas. Se suceden los cantos, los romances y los bailes deliciosos, en medio de la decoración bellísima, moderna y simple de Fontanals. Alcanzamos a oír la canción que acompaña el zapatero con su martillo, la escena estupenda de los refrescos, algunos párrafos de Lola y sus danzas llenas de gracia. García Lorca va de aquí para allá. Aplaude él también. Elogia a Lola y se prueba un sombrero. Vaya uno a saber qué papel desempeñará esta noche el tal sombrero, del que se queja el primer actor de la compañía diciendo:

–En Buenos Aires hasta las copas de los sombreros son pequeñas.

Lola ensaya una polca, imaginando varios compañeros.

–Ninguna mujer de habla castellana podrá hacerlo mejor –dice García Lorca.

Hay en el escenario un aire de sol y flores frescas, de comadreos y guitarras, de copas y tamborileos.

157

Hay una emoción de España y viva España.
La zapatería va a abrirse esta noche ante la expectativa de
un público predispuesto al entusiasmo.

POESÍA DE TEATRO

–El teatro debe abandonar la atmósfera abstracta de las salas reducidas, su clima estrecho de experimentación, de *éli-
te*, e ir a las masas –nos dice García Lorca, durante un breve
descanso–. Eso es lo que trato de hacer yo en *Bodas de sangre* y en *La zapatera prodigiosa*. Las cosas están puestas
aquí, las palabras, los matices, las ocurrencias, lo delicioso,
lo dramático, lo simple y lo complicado, de una manera
«popular». Ya verán ustedes las cosas que sucederán en *La
zapatera prodigiosa*. Sucederá lo que tiene que suceder y lo
que no tiene, lo que le da la gana de suceder en un escenario
a donde se lleva la vida, llena de sorpresas, de incongruencias y de romances. ¿Que por qué haré lo que voy a hacer?
Digan lo que digan, si algo ocurre a mi sombrero, si se me
ocurre soltar algo, pongamos una frase, una metáfora que
no viene al caso, ¿qué importa? Eso está dentro de lo que las
masas pueden atrapar sin explicárselo, con sólo sentirlo;
está en la poesía, en la poesía de teatro para la gente, que yo
quiero hacer. Poesía de teatro.

[*Crítica*, Buenos Aires, 1-XII-1933. (Entrevista por primera vez recogida.)]

VII. Esta noche estrena Lola Membrives «La zapatera prodigiosa»

EL CONJUNTO DEL TEATRO AVENIDA PONDRÁ A CONTRIBU-
CIÓN DE LA OBRA DEL GRAN POETA ESPAÑOL, TODA SU CALI-
DAD DRAMÁTICA, LÍRICA Y COREOGRÁFICA

*Esta noche es noche de fiesta para el teatro en Buenos Aires,
porque conocerá nuestro público una bella versión de* La zapatera prodigiosa, *farsa de Federico García Lorca, el mismo
gran poeta de* Bodas de sangre, *interpretada por la misma
eximia actriz que brilla en este drama: Lola Membrives.*

CONCEPCIÓN LÍMPIDA

*Bien podemos anticipar este acontecimiento grato a los es-
pectadores porteños, porque asistimos al ensayo general de*
La zapatera prodigiosa *y hemos visto a García Lorca, reve-
lándose un finísimo director de escena, preciso en la indicación del ritmo y del matiz, claro en sus expresiones, gráfico,
apasionado, celebrando con una manifestación hiperbólica*

el acierto de un intérprete y reprimiendo con igual vehemencia cualquier salida interpretativa de su concepción, de su magnífica concepción realizada con sabiduría de artista y creada con limpidez espiritual de artista.

COLOR, BAILE Y CANTO

El ensayo con decorado y trajes dio la sensación de extraordinario color que producirá esta noche en el público que asista el estreno y también de escapada alegre hacia la irrealidad. A ello contribuyen los decorados y trajes creados por Fontanals, la música, las coplas, los bailes, los momentos coreográficos, que si no llegan a ser danza, la sugieren por el ritmo de los movimientos y su deliberada falta de naturalidad.

Estas exigencias de la obra ponen de relieve la excelencia de la compañía que tiene en sus bellas mujeres bailarinas y cantantes que saben desempeñarse en esos puestos con la dignidad de actrices de comedia. Ya celebrarán los espectadores la gracia de Lola Membrives, de Helena Cortesina, de Trinidad Carrasco, danzando y cantando como cantan y se mueven graciosamente las demás actrices jóvenes del conjunto y como canta el mismo [Alejandro] Maximino, actor que prueba una vez más su calidad.

HABLA GARCÍA LORCA

En un aparte, durante el ensayo, García Lorca, todo nervios, pero nervios traducidos en sonrisa, nos dice:

–Lo he dicho ya, y es lo cierto: esta frívola y disparatada farsa encierra un contenido profundamente dramático. La zapaterilla encarna de una manera simple, y accesible a todos, esa gran disconformidad del alma con lo que le rodea. Ella cree en lo que crea. El marido viejo y feo vive en su evocación como un gallardo caballero montado en una jaca blanca. Como nadie en la aldea creería en su sueño, se lo cuenta a una niña «que todavía no había nacido» cuando el zapatero era un galán deseable. Al encontrar otra vez al objeto de sus ilusiones vuelve a verlo tal cual es, y por eso vuelve a tratarlo con la rudeza de antes. Ante la realidad misma, el alma no se resigna, como no se resigna la zapaterilla a reconocer en la voz de un titiritero la voz de su marido. Dramatismo este que yo hubiera podido resolver en grave forma trascendental y al cual he preferido darle este cauce alegre y fresco, dejando para más tarde otras realizaciones. Ese más tarde ha llegado ya, pues *Bodas de sangre* es obra posterior a *La zapatera prodigiosa*, escrita en 1926.

VERSIÓN PERFECTA

Esta versión que da Lola Membrives de mi farsa es la perfecta, es la que yo quiero. En ella hay música y bailes que no fue posible poner cuando el estreno en España. En ella está acentuado todo lo que es índice de la irrealidad de la acción. Sin embargo, lo realista existe en el asunto del zapatero y de la zapatera que se separan y vuelven a unirse para estar como al principio, pero hay debajo de esto lo otro que corre y que el público captará perfectamente. Espero que no le sorprenda lo nuevo que hay en el ritmo de *La zapatera prodigiosa*, quiero decir que no le sorprenda desorientándolo. Es que mi obra es musical. Por eso el que quisiera ponerle música cometería un disparate. La música está en el ritmo de los movimientos, del diálogo que a veces termina, naturalmente, en canto. Esto no ha sido notado por la crítica hasta después del estreno de *Bodas de sangre*, y cuando

[Gerardo] de *(sic)* Diego lo hizo notar*, me agradó porque me parece justo.

–*¿Qué dice de sus intérpretes?*

–No acostumbro a elogiarlos, pero esta vez no puedo decir sino que están perfectos, y en cuanto a lo que hace Lola Membrives, es sencillamente cosa de milagro. Ya lo dirán ustedes.

[*Crítica,* Buenos Aires, 1-XII-1933. (Entrevista por primera vez recogida.)]

---

* Se refiere al artículo de Gerardo Diego «El teatro musical de F. G. L.», publicado en *El Imparcial* el 14 de abril de 1933.

VIII. El autor de «Bodas de sangre» es un buen amigo de los judíos

¿Sería posible que el poeta español, el maravilloso autor del Romancero gitano, *no iba a tener que decirnos nada acerca de los judíos en España?*

(...) La amplia sonrisa nos impidió reconocer al hombre.

(...) Un hombre franco y cordial. Sin empaque y sonriente como sus versos.

Tomó nuestra revista, la hojeó y, advirtiendo que se trataba de una publicación israelita, nos dijo:

–¡Hombre! ¿Judíos? Pues les contaré algo reciente, en lo que actué por una imprevisión lamentable.

«TARASCA», POR JUDÍA

–Ustedes saben que en España se quiere a los judíos; quizás como en ninguna parte. Pero no hay que atribuir excesiva importancia a los modismos del lenguaje corriente, que

163

han perdido a través del tiempo sus aristas primitivas. Son palabras que se pronuncian maquinalmente, por costumbre heredada, sin remontarse a su origen, quizá ofensivo.

Así sucede con la palabra *judío*. Se dice *judío* despectivamente, sí, pero sin pensar en los judíos. La palabreja, incorporada a los motes de uso habitual, ya perdió su significado primero.

Y en *La zapatera prodigiosa* uno de mis personajes la pronunciaba claramente y con todo desenfado. Pues bien, después de la primera representación, recibí una carta firmada por una dama israelita, en la que se me reprochaba enérgicamente mi delito involuntario.

Yo fui el primer dolido, por haberla escrito, y en las sucesivas representaciones se cambió la palabra culpable por la más inofensiva de «tarasca».

(...)

[Marcelo Menasché, *Sulem. Revista social ilustrada para la colectividad israelita*, I, 2, Buenos Aires, 25-XII-1933. La entrevista completa ha sido reproducida en la ed. del *Primer romancero gitano* perteneciente a estas *Obras*, 1, Madrid, 1981, pp. 153-156.]

IX. Anotaciones del autor a nueve de sus figurines para «La zapatera prodigiosa»

Los figurines a que se hace referencia deben pertenecer al estreno primero de la farsa (1930), según se comprobará. De acuerdo con el programa citado que transcribe J. Comincioli, la representación se hizo con «bocetos de decorado y figurines de Federico García Lorca, realizados por Salvador Bartolozzi». Procedentes de la colección de Ubaldo Bardi, ocho de ellos han sido reproducidos por Marie Laffranque, como ya he indicado. Vuelve a reproducir tres de los ya conocidos, más uno nuevo, Ubaldo Bardi, *Federico García Lorca, musicista, scenografo e direttore della Barraca*, Firenze, 1978. Los grabados de las dos publicaciones carecen de color, que ha de ser imaginado a través de las escuetas indicaciones que el poeta añadió al lado de sus dibujos. Al omitir los figurines, el esfuerzo imaginativo ha de ser mayor en el presente volumen. No obstante, he creído de interés documental transcribir las anotaciones del poeta, independientemente de que el lector pueda acudir a las fuentes mencionadas.

Se ha deslizado en éstas algún defecto de reproducción, bien sea porque el margen escrito esté cortado o por reducción sobre el tamaño original, con la consiguiente dificultad de lectura del texto. Por ello me he visto obligado a interpretar algunas palabras, que escribo entre corchetes, así como a adivinar otras. Utilizo el mismo signo mencionado para los nombres añadidos por una mano distinta de la del poeta. En varios de los dibujos, en efecto, alguien escribió en el ángulo superior de la izquierda el nombre de la actriz que iba a interpretar el papel al que correspondía el figurín, ya fuera Margarita Xirgu o Pascuala Mesa, las únicas que alcanzo a identificar.

[Xirgu]
(Traje de la Zapatera.)
Verde intenso. Franjas en la cintura negro intenso. Sin medias. Zapatitos de charol. Falda plegada. Corpiño ajustado. Vueltas en la bocamanga de encaje negro. Pelo tirante. Boca grande y pintada. Pendientes de coral.
Primer acto.

*

[Xirgu] *La zapatera prodigiosa.*
Segundo acto. Traje plegado.
Traje rojo violento y rosa roja. Sin pendientes. Más verde que en el traje anterior. Un brazo desnudo. Franjas al cuello y cintura de rojo distinto.

*

[Mesa]
Vecina roja.
Aplicación verde. Grandes madroños negros. Cuiden de que la irregularidad de los triángulos verdes sea exacta.

*

[Pacello]
   Vecina del traje morado.
   Volantes rígidos de organdí rosa.

*

   Vecina del traje verde.
   Adornos blancos. Madroños rojos.

*

[Sta. Sánchez]
   Vecina del traje amarillo.
   Adornos de tela amarilla más intensa. Bocamangas almi-
donadas en picos de amarillo más intenso. Descote en la
misma forma.
   Zapato amarillo.

*

[Bofill]
   Vecina azul.
   Franjas rosas. Manga estrecha. Grandes madroños ne-
gros.

*

   Traje blanco con gra[ndes] madroños rojos y de[scote]
en tela roja.

*

Mozo de la faja.
Camisa blanca con encaje. Pantalón negro. Sombrero plano negro.

————————

El otro mozo de igual manera, pero faja azul y pantalón marrón.

II. Fin de fiesta

[Buenos Aires, 15-XII-1933]

Romances recogidos, musicados y armonizados
por Federico García Lorca

Nota introductoria

La representación de *La zapatera prodigiosa* como espectáculo dado en un teatro comercial planteó desde el primer momento un problema de tiempo, dada la relativa brevedad de la obra, como denota el que sólo tenga dos actos. Varias fueron las soluciones. En el estreno de 1930 la farsa lorquiana estuvo precedida, como ya se ha indicado, de otra pieza breve, adaptación de Rivas Cherif. Cuando el Club Anfistora retoma la obra en abril de 1933, la representación se cierra con otra producción del autor, *Amor de Don Perlimplín*. Si bien es cierto que ahora el interés recaía sobre la «aleluya erótica», por su carácter de estreno, en el terreno práctico, al que estoy exclusivamente aludiendo, las dos piezas se apoyaban mutuamente. Ya en Buenos Aires, García Lorca declaró en una entrevista que era casi seguro que se pondría en la ciudad argentina su *Don Perlimplín*. Estas palabras del poeta aparecen en la prensa el 28 de noviembre del 33, tres días antes de que se alce de nuevo el telón para *La zapatera*. Cabe sospechar con fundamento que el empresario teatral –Juan Reforzo, marido de la primera actriz, Lola Membrives– le había planteado ya el aludido tema de la duración del espectáculo. Una nota de prensa recoge el problema poco después del estreno: «La obra es breve y es preciso completarla» *(Noticias Gráficas,* 3-XI). Impelido por estas circunstancias, García Lorca idea la escenificación de tres canciones como «fin de fiesta» que cerraría musicalmente la «farsa violenta». La solución buscada volvió a repetirse al reponer la nueva versión en España, ya en 1935.

Según recoge un programa de la época, el fin de fiesta estaría constituido por «romances recogidos, musicados y armonizados» por el poeta. Por razones que nos son desconocidas, se había descartado, por tanto, el complemento de *Don Perlimplín.* El poeta acudió sencillamente a sus conocimientos de sabio gustador del folclore español, seleccionando tres piezas que libremente quedaron denominadas como «romances», designación que sólo es aplicable a la primera. Fueron éstas, según su orden de representación, «Los pelegrinitos (Romance pascual)», «Canción de otoño en Castilla» y «Los cuatro muleros (Villancico granadino)». Los títulos de las tres obritas esclarecen sin confusión la modalidad genérica en la que se sitúan. A excepción de la canción castellana, las otras dos habían sido dadas a conocer previamente por García Lorca, tanto en la grabación discográfica *Colección de canciones populares antiguas,* como en su conferencia *Cómo canta una ciudad de noviembre a noviembre,* para entonces ya leída e ilustrada al piano por el propio poeta en Buenos Aires y Montevideo. Hay que añadir, finalmente, que el fin de fiesta se repitió casi en los mismos términos en el Coliseum de Madrid como cierre de *La zapatera.* Una reseña del *Heraldo de Madrid* (22-III-1935) nos da noticia de las piezas escogidas: «Amanecer en Castilla», que por el título y descripción escénica corresponde a la antes llamada «Canción de otoño», «Los pelegrinitos» y «Retrato de Isabela», definida por el periódico como «canción epigramática» de Amadeo Vives. García Lorca, pues, no había fijado como inamovible el fin de fiesta pensado para su farsa. La canción de Vives pudo ser sugerida por Lola Membrives. Sin embargo, ya el poeta había hablado en Buenos Aires de renovar este tipo de escenificaciones, recurriendo para ello a villancicos de Góngora, Lope, Calderón y Tirso. Si el proyecto no llegó a realizarse, sin duda se debió a limitaciones impuestas por las circunstancias.

La singularidad del fin de fiesta ideado para la representación de 1933 en Buenos Aires radica en que las tres canciones fueron tratadas como breves cuadros líricos, con sus decorados propios, obra del escenógrafo Manuel Fontanals, e intervención de varios personajes. El poeta habló con propiedad de «canciones escenificadas», añadiendo: «He querido hacer algo fino, digno, noble, con mucho sabor, pero con cierta estilización de arte». Los textos quedaban, pues, insólitamente potenciados mediante la conjunción habilidosa y fluida de los valores musicales, subrayados por la danza, y los de orden teatral y plástico. La parte musical fue juzgada de este modo por un crítico de *El Pueblo* (17-XII), H. Chresa:

La línea general del tema está perfectamente ligada a la idea poética, y en el armonizar se ha tenido en cuenta la simpleza de los demás elementos originales, a fin de no crear atmósferas hostiles, que resultarían, por cierto, perjudiciales. El acompañamiento ha sido realizado para dos pianos, no siempre tratados con igual eficacia, y la faz vocal se ha tratado dentro del más elemental concepto. Reina el unísono en los coros, integrado por dos secciones de voces femeninas, y las partes solistas siguen la melodía sin aportar aditamentos de ninguna especie.

Felizmente, el texto de «Los pelegrinitos» fue publicado del modo que aquí se reproduce en *Noticias Gráficas* (13-XII), dos días antes de que se estrenara el fin de fiesta. La sencilla dramatización del romance obligó al poeta a determinados cambios en el texto que él había dado a conocer a través de «la Argentinita», descontadas otras variaciones que, fiel juglar, introduce por gusto o apetencia del momento.

La versión del periódico marca, en lugar del personaje, el nombre de cada uno de los actores que intervinieron. Para mejor comprender la escenificación, me he permitido señalar los personajes: la pareja de «pelegrinitos» en procura de dispensa papal y las cuatro muchachas campesinas que llevan parte del recitado, cuando no se incorporan al coro. Por otra parte, una excelente, larga y detallada reseña de Augusto A. Guiborg en *Crítica* (16-XII) nos permite imaginar el decorado y movimientos pensados por Fontanals y el poeta. Aunque el reflejo documental siga siendo pobre frente a la realidad escénica, he creído de interés añadir como acotación previa para las tres canciones los fragmentos descriptivos del texto de Guiborg. De esta manera pienso que se subraya y puede percibirse el lado teatral de aquel lejano fin de fiesta.

Otro es el caso de la «Canción de otoño en Castilla», cuyo texto he reconstruido basándome en datos parciales. En realidad, García Lorca parece que fundió en una tres canciones distintas, no sabemos si también con unificación melódica, lo que no es probable. Conforme a la descripción de Guiborg, la escenificación se inicia con las voces de un coro de hombres que canta tras el telón «Eres hija del sueño, paloma mía». Gracias a los conocimientos folclóricos de Isabel García Lorca y Laura de los Ríos, he podido reconstruir la letra real de la que sería primera parte de la canción: «Si eres hija del sueño». Al apagarse el coro, sale de una de las casas castellanas que muestra el decorado una mujer, Lola Membrives, que empujaba lentamente una puerta y proclamaba su deseo de «ser dueña absoluta de tu persona». Es claro que la referencia nos conduce a la canción «Yo no quiero más premio», publicada en la *Revista Hispánica Moderna* (III, 1, 1936) como recogida por García Lorca en Burgos. La misma mujer, único personaje que aparecía en escena, entonaba después «A los árboles altos». Su canto era respondido, parece que retomando frases suyas, por una voz de mujer y otra de hombre, así como por el coro, que probablemente cerraba el cuadro tras el mutis de la cantora por la misma puerta por la que había salido a escena. Según la reseña de *La Razón* (16-XII), la canción castellana transmitía una lección moral: «Quien quiera tener libre el corazón, no ame». La alusión parece obvia para la que sería última seguidilla del canto: «Corazón que no quiera». Se refrenda de este modo la reconstrucción parcial realizada por Joaquín Forradellas en su edición de *La zapatera* (p. 205).

La actriz Helena Cortesina bailó con estilo «Los cuatro muleros», jaleada por las otras cuatro actrices en su papel de zagalas, al decir de *La Razón*. La nueva letra que transcribo está tomada del periódico *El Día,* de Montevideo (22-II-1934), que la reproduce como «villancico recitado por el poeta». En la línea de otras canciones populares recogidas por García Lorca, en esta versión de «Los cuatro muleros» triunfa el paralelismo estrófico de las seguidillas, sin necesidad de recurrir a la nota vulgar del contraste en el bordón: «Ay, que me he *equivocao,* / que el de la mula torda, / mamita mía, / es mi *cuñao*». En consonancia con *La zapatera prodigiosa,* y quizá el juego no fuera casual, el amor cantado en el villancico no se salía un punto del matrimonio. Dice una vez más, y para cierre, la nota de *La Razón* sobre la canción final: «Colorida y alegre, como broma popular, "Los cuatro muleros", de los cuales la mulera prefiere uno..., su marido».

Ha de notarse, por último, que con su fin de fiesta García Lorca no hacía más que plegarse parcialmente al esquema de las representaciones teatrales del Siglo de Oro, decidien-

do cerrar su obra con dos breves escenificaciones y una
danza (caso de Buenos Aires), las cuales tenían carácter de
broche musical del espectáculo. Se trataba de un *divertimento* complementario, ajeno a *La zapatera,* con la cual se
soldaba de manera fluida por tratarse de «escenas de canto
y baile». El estilo, que no el tema, las ligaba a las ya gustadas
por el espectador durante la representación de la farsa.

1. «Los pelegrinitos»

(Romance pascual)

[«Para esta canción Manuel Fontanals ha creado una imagen de palacio Vaticano consistente en una serie de arcadas en perspectiva, con algo de lo que imaginaría un hombre de campo. Lo mismo ha concebido Fontanals para la confección de los trajes, en los que sin precisar lugar ni fecha se fija una imagen de pequeña porcelana» (Augusto A. Guiborg).]

Todos

Hacia Roma caminan
dos pelegrinos
a que los case el Papa
porque son primos.

Muchacha 1.ª

Sombrerito de hule
lleva el mozuelo.

Muchacha 2.ª

Y la pelegrinita
de terciopelo.

MUCHACHA 3.ª

Al pasar por el puente
de la Victoria...

MUCHACHA 4.ª

tropezó la madrina,
cayó la novia.

TODOS

Han llegado a palacio,
suben arriba,
y en la sala del Papa
los desaniman.

PELEGRINITO

Me ha preguntado el Papa
cómo te llamas.
Yo le he dicho que Pedro.

PELEGRINITA

Yo Mari Juana.
Me ha preguntado el Papa
la edad que tienes.
Yo le he dicho que quince.

PELEGRINITO

Y yo diecisiete.
Me ha preguntado el Papa
de dónde era.
Yo le he dicho de Cádiz.

PELEGRINITA

Yo de Antequera.
Me ha preguntado el Papa
que si he pecado.

PELEGRINITO

> Yo le he dicho que un beso
> que le había dado.

PELEGRINITA

> Soy la pelegrinita,
> soy vergonzosa.

PELEGRINITO

> Se le ha puesto la cara
> como una rosa.

TODOS

> Y la pelegrinita,
> que es vergonzosa,
> se le ha puesto la cara
> como una rosa.

PELEGRINITO

> Y ha respondido el Papa
> desde su cuarto:
> «¡Quién fuera pelegrinito
> para otro tanto!»

TODOS

> ¡Quién fuera pelegrinito
> para otro tanto!
> Las campanas de Roma
> ya repicaron
> porque los pelegrinos
> ya se han casado.

2. «Canción de otoño en Castilla»

[(El fondo del escenario lo constituyen) «no las llanuras áridas, sino el pueblecillo que las refleja en sus casas amontonadas entre calles estrechas, casas con planos e inclinados techos de teja roja, patinadas ya por el tiempo» (Augusto A. Guiborg).]

Si eres hija del sueño,
paloma mía,
a la hora del alba
verte querría.
Morena, dímelo,
si eres casada o no;
si eres casada, niña
de mi corazón.

Yo no quiero más premio
ni más corona
que ser dueña absoluta
de tu persona.

A los árboles altos
los lleva el viento,
y a los enamorados
el pensamiento.
El pensamiento,
ay, vida mía,
el pensamiento.

Corazón que no quiera
sufrir dolores,
pase la vida entera
libre de amores.
Libre de amores,
ay, vida mía,
libre de amores.

Si eres hija del sueño,
paloma mía,
a la hora del alba
verte querría.
Morena, dímelo,
si eres casada o no;
si eres casada, niña
de mi corazón.

3. «Los cuatro muleros»

(Villancico granadino)

[«... Cuatro campesinos en un fondo de serranía, todo como en un gran fresco moderno. Pequeñas, coloridas, exquisitas, al pie de ese telón, cuatro campesinas de vestidos armonizados en sus tonos, sirviendo de cuadro a otra figura central arrogantísima. Tienen las unas el rostro semioculto por panderetas, la otra una actitud incitante de baile. Y con la canción el baile comienza, con pasos como de marcha, hacia delante y hacia atrás, en diagonal siempre. Baila solamente la figura eje. Las otras comentan con la canción misma y con el juego de los panderos hasta llegar a un jaleo final en que la danza de la protagonista se aviva» (Augusto A. Guiborg).]

De los cuatro muleros
que van al agua,
el de la mula torda,
mamita mía,
me roba el alma.

De los cuatro muleros
que van al río,
el de la mula torda,
mamita mía,
es mi marido.

182

De los cuatro muleros
que van al campo,
el de la mula torda,
mamita mía,
y el sombrero ancho.

Apéndice al «Fin de fiesta»

1. Un fin de fiesta con canciones escenificadas

La empresa del Avenida, no obstante el franco éxito de La za-
patera prodigiosa, se apresta a dar aún mayor animación a
los espectáculos de esta sala. No se trata, por el momento, de
sustituirla, sino tan sólo de matizarla con la alegría de un
«fin de fiesta» y de preparar con tiempo, sin ningún apuro, el
próximo espectáculo a ofrecerse. Naturalmente, todos los
proyectos giran, no sólo por su presencia en Buenos Aires,
hasta el punto de ser el centro de los espectáculos del Avenida,
alrededor de García Lorca. El próximo viernes se iniciará un
«fin de fiesta» montado y elegido por él. El primer estreno
será suyo: Mariana Pineda; *su primera pieza, y la única que*
queda ya entre las suyas, que se han dado a conocer en Espa-
ña. Por eso lo hemos entrevistado, y él nos ha dicho después de
hacernos oír en el piano y cantarnos, con muy grata voz, las
canciones que va a escenificar, lo siguiente:

–Este «fin de fiesta» es un entretenimiento que yo he pla-
neado. Pero, naturalmente, este entretenimiento debe tener
algún sabor artístico, cierta categoría dentro de su tono po-

pular, pues, de lo contrario, no valdría la pena que uno se
preocupara de él. He querido hacer algo fino, digno, noble,
con mucho sabor, pero con cierta estilización de arte. Dura-
rá alrededor de media hora, y se pasarán tres partes. La primera consistirá en la escenificación de *Los pelegrinitos,* así
como suena, pues ésta es la pronunciación popular y andaluza. Se trata de una de las canciones más difundidas del siglo XVI español, un romance anónimo, que yo he arregla-
do para esta versión escénica. A continuación se pasará la
conocida canción *Los cuatro muleros,* y, finalmente, Lola
Membrives interpretará un romance del siglo XVI, algo mo-
dernizado, que titularemos *Canción castellana.* Yo conside-
ro que escenificar la canción, sobre todo estos romances, es
una labor de más trascendencia que la que puede inferirse
de su tono. La canción escenificada tiene sus personajes,
que hablan con música; su coro, que juega el mismo papel
que en la tragedia griega. Por tanto, es dentro de un marco
reducido, sobre todo de tiempo, un espectáculo breve, pero
completo, lleno de sugerencias y de bellezas.

*También está preparando García Lorca un espectáculo de
fin de año, que define así:*

–Renovaremos estas canciones escenificadas con otras,
de distinto tono, que ofreceremos haciéndolas coincidir
con las fiestas de Navidad y fin de año. Pienso escenificar lo
que se llama «villancicos», villancicos de Góngora, de Lope
de Vega, de Calderón, de Tirso de Molina, muy breves y
muy sabrosos, con un sentido profundo y una grata envol-
tura, que espero serán verdaderamente gustados por el público, y muy oportunos en el momento de su exhumación.

*Finalmente, nos informa García Lorca de que ayer leyó a la
compañía del Avenida su primera obra escénica,* Mariana Pi-

neda, *pieza romántica y heroica de las luchas de España en el siglo* XIX, *y nos dice:*

–Todos los héroes del siglo XIX español que tienen estatua han tenido también ya su dramaturgo. La única que no la tenía era Mariana Pineda, quizá porque ésta necesitaba su poeta. Yo tenía en Granada su estatua frente a mi ventana, que miraba continuamente. ¿Cómo no había de creerme obligado, como homenaje a ella y a Granada, a cantar su gallardía?

Mariana Pineda se estrenará, en beneficio de Lola Membrives, en los primeros días del próximo enero.

[*La Nación,* Buenos Aires, 30-XI-1933. (Entrevista recogida por Marie Laffranque, «Déclarations et interviews retrouvés», *Bulletin Hispanique*, LVIII, 3, 1956, pp. 327-328.]

11. García Lorca presenta hoy tres canciones populares escenificadas

«HE ESTUDIADO DURANTE DIEZ AÑOS EL FOLKLORE DE MI PAÍS CON SENTIDO DE POETA», ASÍ NOS DICE EL AUTOR DE «LA ZAPATERA PRODIGIOSA», A PROPÓSITO DE «LOS PELEGRINITOS», «LOS CUATRO MULEROS» Y «CANCIÓN DE OTOÑO EN CASTILLA», QUE FORMAN EL FIN DE FIESTA DEL AVENIDA

Cuando entramos en la sala del Avenida, está terminando uno de los ensayos del «fin de fiesta» con que García Lorca, con el rico elemento que es la compañía de Lola Membrives, regalará desde esta noche a quienes vayan a ver la maravilla de gracia que es La zapatera prodigiosa.

Vemos otra vez al gran poeta en la plena nerviosidad de dirigir, ayudado por Lola Membrives, que apunta de vez en cuando una observación siempre acertada, y por Paco Meana, que revive en la animación de estos preparativos sus días no tan lejanos en que, legítimamente, triunfaba como cantante de zarzuela.

García Lorca se pasea por el desierto patio de plateas, se sienta un instante en una butaca, observa y, de pronto, salta:

–¡No perder el ritmo! –y lo marca cantando y agitando acompasadamente los brazos.

–Un momento, estos compases son así. –Y para que no quepa duda, se pone al piano y el ensayo prosigue, teniéndole a él como maestro de música y de baile.

Es un placer ver a García Lorca multiplicarse para que ningún detalle se apague, a fin de que el brillo sea igual en todos ellos.

–Niñas, ¡arriba los brazos! Muy bien. Así va bien.

UNA COMPAÑÍA QUE SE TRANSFORMA

Actrices y actores, contagiados de ese dinamismo, de ese entusiasmo que advierten en el poeta y en Lola Membrives y en don Paco Meana, que se hace útil de todas las maneras posibles, se muestran incansables. Ellos mismos sugieren la repetición de momentos de la danza, del canto, no ya con buena voluntad, sino con fervor.

Federico García Lorca nos ve de pronto y se acerca a nosotros. Apretándonos la mano nos dice, a guisa de saludo y con un brillo de creación en la mirada.

–Esto es admirable. Vean ustedes con qué ganas trabajan. Una compañía de comedia que se transforma, por gracia de la voluntad y la competencia, animadas por un deseo permanente de superación, en un conjunto como el que ha traído a Buenos Aires un Tairoff. Pueden realizar ya una tragedia, ya una farsa, ya una comedia o una comedia musical.

CONOZCO EL FOLKLORE

Inmediatamente se aleja otra vez de nuestro lado para conti-
nuar presidiendo con actividad infatigable el trabajo de actri-
ces y actores. Ya terminado el ensayo, vuelve otra vez a noso-
tros y continúa:

–Es la primera vez que pongo en escena canciones como
estas de *Los pelegrinitos, Canción de otoño en Castilla* o *Los
cuatro muleros,* pero podría estarme años montando estos
«fin de fiesta».

–¿Ha estudiado a fondo el cancionero español?

–Sí; he ido a él con la misma curiosidad con que han ido
otros, a estudiarlo científicamente, y me he enamorado de
las canciones. Durante diez años he penetrado en el folklore, pero con sentido de poeta, no sólo de estudioso. Por eso
me jacto de conocer mucho y de ser capaz de lo que no han
sido capaces todavía en España: de poner en escena y hacer
gustar este cancionero de la misma manera que lo han con-
seguido los rusos. Rusia y España tienen en la rica vena de
su folklore enormes e idénticas posibilidades, que no son las
mismas, por cierto, en otros pueblos del mundo. Desgracia-
damente, en España se ha hurgado en el cancionero para
desvirtuarlo, para asesinarlo, como lo han hecho tantos autores de zarzuela que, a pesar de ello, gozan de boga y consideración popular. Es que han ido al cancionero como
quien va a copiar de un museo, y ya lo dijo Falla: No es posible copiar las canciones en papeles pentagramados; es me-
nester recogerlas en gramófonos para que no pierdan ese
elemento imponderable que hace más que otra cosa su belleza.

LAS CANCIONES SON CRIATURAS

–Ustedes acaban de verme cuidando el ritmo y los menudos detalles y, en verdad, no puede procederse de otro modo: las canciones son criaturas, delicadas criaturas, a las que hay que cuidar para que no se altere en nada su ritmo. Cada canción es una maravilla de equilibrio, que puede romperse con facilidad: es como una onza que se mantiene sobre la punta de una aguja.

–Las canciones –prosigue García Lorca– son como las personas. Viven, se perfeccionan y algunas degeneran, se deshacen, hasta que sólo nos quedan esos palimpsestos llenos de lagunas y de contrasentidos. Yo presento en el primer «fin de fiesta» tres canciones que están en su momento de perfección. *Los pelegrinitos* se canta todavía en Granada. Hay diversas variantes, de las cuales yo he desarrollado dos en esta escenificación; una tiene el ritmo alegre y es propia de las vegas granadinas; otra es melancólica y proviene de la sierra. Con la variante de las vegas, comienzo y termino la canción.

LLANURAS CON CHOPOS DORADOS

Otra de las escenificaciones primeras es la de la *Canción de otoño en Castilla,* llena de belleza y de melancolía. Se canta en Burgos y es como la región misma: cosa de llanura con chopos dorados.

> *A los árboles altos*
> *los lleva el viento,*
> *y a los enamorados*
> *el pensamiento.*

Digan ustedes si no es eso de una gran belleza. ¿Qué más poesía? Ya podemos callarnos todos los que escribimos y pensamos poesía ante esa magnífica poesía que han «hecho» los campesinos.

–Es, sin embargo, de forma culta...

–Culta, sí, en su origen desconocido. Pero luego ¿no les dije que las canciones viven? Pues ésta ha vivido en los labios del pueblo y el pueblo la ha embellecido, la ha completado, la ha depurado hasta esa belleza que hoy tenemos ante nosotros. Porque esto lo cantan en Burgos los campesinos, ¡ni un señorito! En las casas de la ciudad no se canta esto...

LA NAVIDAD EN EL ALBAICÍN

–¿Y la canción de Los cuatro muleros?

–Es la canción típica de la Navidad en el Albaicín. Se canta únicamente por esta fecha, cuando hace frío. Es un villancico pagano, como son paganos casi todos los villancicos que canta el pueblo. Los villancicos religiosos sólo los cantan en las iglesias y las niñeras para adormecer a los niños. Es curioso este pagano villancico de Navidad, que denuncia el sentido báquico de la Navidad en Andalucía. El cancionero tiene estas sorpresas. Hay algunas canciones de profunda emoción y contenido social. Ésta, por ejemplo:

> *El gañán en los campos*
> *de estrella a estrella.*
> *Mientras los amos pasan*
> *la vida buena.*

O esta otra, fiera, como de Andalucía, que pudo servir de panfleto, de manifiesto y de estandarte a la reciente revuelta:

> *Qué ganas tengo*
> *de que la tortilla se dé vuelta:*
> *que los «probes» coman pan*
> *y los ricos coman mierda.*

Las que presento ahora no tienen este ácido y confío en que gustarán. Tienen, además de su belleza intrínseca, el valor que han de prestarle estos artistas que acompañan a Lola Membrives y que me han procurado la gratísima impresión de hallarme junto a mis compañeros de La Barraca, el teatro experimental de estudiantes que dirijo. Tienen la docilidad y el fervor que hace un verdadero gozo la tarea de poner en escena las cosas que a ella deben subir.

DECORÓ FONTANALS

Manuel Fontanals ha preparado unas decoraciones estupendas para las canciones y unos trajes que son deliciosos. Ya verán ustedes todo el espectáculo. En él se valoriza el cuerpo humano, tan olvidado en el teatro. Hay que presentar la fiesta del cuerpo desde la punta de los pies, en danza, hasta la punta de los cabellos, todo presidido por la mirada, intérprete de lo que va por dentro. El cuerpo, su armonía, su ritmo, han sido olvidados por esos señores que plantan en la escena ceñudos personajes, sentados con la barba en la mano y metiendo miedo desde que se les ve. Hay que revalorizar el cuerpo en el espectáculo. A eso tiendo.

–*¿No ha modificado la letra y música de los romances?*
–Los he respetado íntegramente. Mi intervención se reduce a distribuir los versos para que los canten distintos personajes y a armonizar la música.

[*Crítica*, Buenos Aires, 15-XII-1933. (Entrevista recogida por Jacques Comincioli, «En torno a García Lorca. Sugerencias. Documentos», *Cuadernos Hispanoamericanos*, 139, 1961, pp. 37-76.)]

Notas al texto

CRONOLOGÍA Y REPARTOS DEL ESTRENO Y REPOSICIONES

En la introducción a este volumen, pp. 34-39, han quedado reseñados el estreno y las tres reposiciones de *La zapatera prodigiosa* en vida de su autor. Por su importancia para las observaciones que luego se hacen, enumeraré de nuevo las cuatro fechas clave, con el complemento de algunos datos de relativa trascendencia para los problemas textuales que plantea la pieza lorquiana. Como señal indirecta de las sucesivas revisiones del texto, transcribo la lista de personajes y el reparto de actores en los casos en que he podido documentarlos. De su simple cotejo se deduce que existieron, representadas, cuatro versiones distintas de *La zapatera,* por más que las variantes entre la tercera y la cuarta debieron tener escasa importancia. Son estas dos versiones las que representan el modelo querido por el poeta, dentro de una visión escénica de su farsa que él entendía como plenamente realizada. Ha de advertirse, en este sentido, que el estreno y primera reposición fueron obra de grupos de ensayo, representaciones excepcionales que apenas alcanzaron unos días sobre la escena. Con todo, hay

que resaltar, por su importancia para la transmisión de dos de
las versiones de la obra, la intervención de Margarita Xirgu
como primera actriz en el estreno, así como la de Lola Membrives en la segunda y tercera reposición. Las dos actrices
conservaron su ejemplar de trabajo. Avanzaré que el de la segunda, a mi juicio correspondiente a la última reposición de
la farsa, es el que ha servido de base para fijar el texto de la presente edición.

La cronología que ahora retomo fue ya establecida por Marie Laffranque en sus «Bases cronológicas» (*F.G.L.*, ed. Ilde-
fonso-Manuel Gil, Madrid, 1973, pp. 411-59). Mientras no se
indique lo contrario, los datos complementarios que aporto se
reúnen por primera vez:

1) 24 de diciembre de 1930. Estreno de *La zapatera* por la
   compañía El Caracol, con Margarita Xirgu en el papel de la
   protagonista. Madrid, Teatro Español.

   Según el citado programa de mano recogido por J. Comincioli, la representación quedaba definida en los siguientes
   términos: «Farsa violenta en dos actos, en prosa, original
   de Federico García Lorca, que recitará el prólogo caracterizado de Autor, e interpretada por Margarita Xirgu y
   principales partes de la compañía. Bocetos de decorado y
   figurines de Federico García Lorca, realizados por Salvador
   Bartolozzi. Música y canciones obtenidas y transcritas por
   Federico García Lorca.»

2) 5 de abril de 1933. Reposición a cargo del Club Teatral de
   Cultura, o Club Anfistora, y estreno de *Amor de Don Perlimplín*. Madrid, Teatro Español.

   Texto del programa de mano: «Reprise de la farsa violenta,
   en un prólogo y dos actos, original de Federico García Lorca (el prólogo será recitado por el autor), *La zapatera prodigiosa*. Reparto: Zapatera, Pilar de Bascarán; Vecina Verde, Elvira Civera; Vecina Roja, Puri Núñez de Prado; Vecina Morada, Lolita Martí; Vecina Amarilla, Maruja de
   Bascarán; Vecina Negra, Patrito Rodríguez; Sacristana, Señora Domínguez; Vecina 1.ª, Pilar Gracia; Vecina 2.ª, Leo-

ñor G. Villamarín; Beata 1.ª, Erminia Civera; Beata 2.ª,
Carmen Lejárraga; El Autor, Federico García Lorca; Zapa-
tero, Manolo Mangas; Alcalde, Xavier del Arco; Niño,
Niña [Matilde] Hernández; Don Mirlo, Luis Higueras;
Mozo de la Faja, José Luis Jubera; Mozo del Sombrero, Luis
Arroyo. Canciones, decoraciones y trajes son también del
autor.»

3) 1 de diciembre de 1933. Nueva versión estrenada por la
compañía de Lola Membrives. Buenos Aires, Teatro Avenida.
Il Mattino d'Italia, en una elogiosa reseña ya citada (Buenos Aires, 2-XII-1933), se hace eco, como parece despren-
derse con claridad, de la nueva y más completa definición
dada por el poeta a su revisada versión de la farsa lorquiana. Tal definición es de suponer que constara en el programa de mano. Dice así el periódico. «Di Federico García
Lorca conoscevamo una tragedia, *Bodas de sangre,* ed ora
Lola Membrives ha voluto farci conoscere una sua farsa,
farsa molto spagnuola con ritmo di balleto, farsa "violenta
con danze e canzoni popolari dei secoli XVIII e XIX". Clas-
sificazione arbitraria come é arbitrario lo stesso autore.» El
añadido a la repetida calificación de la farsa, definida por
su autor como «violenta» desde el mismo estreno, se ve
apoyada por los comentarios de prensa del momento, por
las declaraciones del poeta e, incluso, por las palabras de la
primera actriz, L. Membrives, que afirmaba en una entrevista: «*La zapatera prodigiosa* es una obra de corte clásico,
y tiene el encanto ingenuo de esta clase de producciones es-
cénicas y la frescura juvenil de tantas obras que fueron la
raíz y el origen del teatro hispano, contando además, para
que ese encanto sea aún mayor, con músicas y bailes populares de los siglos XVIII y XIX, recogidos y armonizados por
el propio García Lorca» («*La zapatera prodigiosa* se estrenará hoy en el Avenida», *El Diario,* 1-XII-1933). Basta fijarse, por otro lado, en que *Il Mattino d'Italia* entrecomilla la
que juzga como «clasificación arbitraria», con arbitrarie-
dad que curiosamente liga al propio García Lorca.

De acuerdo con el citado artículo de *El Diario,* éste fue el reparto: «Zapatera, Lola Membrives; Vecina Violeta, Ana de Siria; Vecina Verde, Helena Cortesina; Vecina Naranja, Trinidad Carrasco; Vecina Amarilla, Cándida Losada; Vecina Roja, Nima Máiquez; Beata Primera, Niní Montiam; Beata Segunda, Conchita Ramos; Niña, Rosa María Fontanals; El Autor, Federico García Lorca; Zapatero, Alejandro Maximino; Alcalde, Francisco Hernández; Don Mirlo, Antonio Soto; Mozo de la Faja, Luis Roses; Mozo del sombrero en la cara, Julio Infiesta; Cura Primero, Germán Cortina; Cura Segundo, José García. En la velada de hoy García Lorca recitará el prólogo de su obra, que en las noches sucesivas estará a cargo del primer actor Ricardo Puga.» Se añade, finalmente que las decoraciones se debían al escenógrafo Manuel Fontanals, quien acompañó al poeta en su viaje a la Argentina. El reparto copiado debió ser proporcionado directamente por L. Membrives.

4) 18 de marzo de 1935. Nueva versión estrenada por la compañía de Lola Membrives. Madrid, Teatro Coliseum.
Indicaba José Ojeda en *La Libertad* (19-III-1935): «Nueva versión de *La zapatera prodigiosa.* Así rezan los programas.» El reparto, en gran medida coincidente con el de Buenos Aires, lo reconstruyo a través de las reseñas de J. G. O. en el *Heraldo de Madrid,* de José Ojeda en *La Libertad* y de Antonio de Obregón en *Diario de Madrid,* las tres del día siguiente al estreno: Zapatera, Lola Membrives; Zapatero, Alejandro Maximino; Niño, niña Pastora Peña; Alcalde, Francisco López Silva. Los papeles de don Mirlo y los dos Mozos fueron desempeñados por Antonio Soto, Luis Peña y [Germán] Cortina. En los papeles femeninos nombra el *Heraldo* a Helena Cortesina, Isabel Zurita, Cándida Losada, Carmen Alonso de los Ríos, Magda Roger. Otra reseña de *El Liberal* añade los nombres de Margarita Larrea y Conchita Ramos.

Sobre el prólogo, al cual se alude en algunas de las citadas reseñas, no consta que fuera dicho por el poeta, aunque así debió suceder, como «norma» ya establecida. Los decorados eran, como en Buenos Aires, de Fontanals.

ANÁLISIS COMPARATIVO DE LOS REPARTOS

Antes de proceder a un breve análisis de los datos transcritos, conviene examinar las palabras del propio García Lorca. En la cita de sus declaraciones remito siempre a las páginas de esta edición.

Declararía el poeta en Buenos Aires: «Tres veces he montado la obra y de manera diferente. Nunca con tanta satisfacción, tan a mi gusto como ahora» (p. 156). Incluido en la cuenta el montaje de la obra en Buenos Aires, la aclaración no deja lugar a dudas, aparte de que puede ser confirmada documentalmente. En las mismas fechas, y aludiendo al estreno de 1930, indicaba que se representó «una versión de cámara, donde esta farsa adquiría una mayor intimidad pero perdía todas sus perspectivas rítmicas» (p. 146). Nada precisa, en cambio, sobre la primera reposición, de abril del 33. No obstante, el dato de que Max Reinhardt se hubiera interesado por la obra (p. 152) pudo ser uno de los motivos que sirvió de acicate para su revisión. Dirá, finalmente, en Buenos Aires: «Pero esta versión de *La zapatera prodigiosa* será la definitiva, la mejor» (p. 156); y en otra entrevista: «Esta versión que da Lola Membrives de mi farsa es la perfecta, es la que yo quiero». Refiriéndose a la música y bailes añadidos, agrega: «En ella está acentuado todo lo que es índice de la irrealidad de la acción» (p. 161). Por último, en la reposición de 1935 los programas señalaban, como he avanzado, su carácter de «nueva versión», si bien queda por dilucidar su semejanza o diferencias respecto a la versión de Buenos Aires.

Los distintos repartos sirven de pequeño índice para deducir algunos de los cambios introducidos de una versión a otra, hablando siempre al margen de los textos manuscritos, impresos o apógrafos, de los que luego trataré. Como podrá

colegirse, las variantes observables son menores, pero signifi-
cativas para entrever la actitud del poeta ante su texto, al que
no parece que considerara inamovible en todos sus puntos
desde el estreno a las sucesivas reposiciones.

En la primera (abril del 33), cinco son las vecinas definidas
por el color de su vestido: Vecina Verde, Roja, Morada, Amarilla y Negra. Completan la lista otros cinco personajes femeninos, descontada la Zapatera: Vecinas 1.ª y 2.ª, las dos Beatas
y la Sacristana.

En Buenos Aires se produce un cambio en la gama de color:
Violeta, Verde, Naranja, Amarilla y Roja, con lo que la Vecina
Negra es sustituida por la Naranja y la Morada se transforma
en Violeta: gradación, pues, en la que los tintes sombríos de-
saparecen. Si la lista de la prensa no yerra, tres personajes son
suprimidos: las Vecinas 1.ª y 2.ª, además de la Sacristana. Sin
embargo, el papel de las dos primeras quizá no necesitaba ser
marcado, pues debe tratarse de las dos vecinas con mantilla
que cruzan simplemente tras la ventana de la zapatería en la
segunda escena de la obra: personajes de la pantomima, figuras del coro que carecen de voz individual. La Sacristana, a la
que se debe una sola intervención, tampoco aparece en el
apógrafo encontrado por J. Forradellas. No obstante, en el reparto de Buenos Aires figuran por primera vez los Curas 1.º y
2.º. El hecho de que se les incluya en forma numerada sugiere
que tenían intervenciones individualizadas. En caso contrario, puede que no hubieran pasado al reparto, como debió
suceder con las vecinas. De acuerdo, por último, con las declaraciones del poeta y las reseñas de prensa, canciones y
bailes desplegaron las «perspectivas rítmicas» que la farsa
encerraba.

En la reposición madrileña de 1935 se documentan cinco
primeros nombres femeninos (fuera del de la primera actriz),
que corresponderían a las vecinas de vestido de color. Los
otros dos nombres femeninos debieron encarnar a las Beatas
1.ª y 2.ª. No sabemos, a partir del carácter de esta reconstrucción, si la Sacristana se mantenía o no. Por el número de acto-

res reseñados no parece quedar constancia, finalmente, de los Curas 1.º y 2.º. Aun suponiendo que sus intervenciones serían de escasa entidad, cabe imaginar, como hipótesis, que fueron desechados de la «nueva versión» por razones de autocensura. Cualquier sombra burlesca, de darse, podría parecer improcedente tras la dura acometida desplegada contra *Yerma* desde algunos periódicos de la derecha. Isabel García Lorca, sin embargo, recuerda que el papel de los dos Curas consistía en pasar, sin decir palabra, por detrás de la ventana que forma el fondo del escenario, al modo de las vecinas con mantilla. Sea como fuere, la presencia de estos personajes queda atestiguada en todas las versiones impresas como componentes anónimos de la masa coral. Es fácil que el poeta, en su papel de director teatral, les asignara, según los casos, una intervención concreta, estuviera o no verbalizada. Concebida la farsa como «pantacomedia», García Lorca debió cuidar al máximo, sobre todo en las dos últimas versiones, el ritmo del coro, sus movimientos y gesticulación, a veces subrayados por la música.

A la vista, por consiguiente, de las palabras del poeta, del cotejo de los distintos repartos y de las reseñas de prensa, se deduce, con suficiente fundamento, que *La zapatera prodigiosa* conoció versiones diferentes, en mayor o menor grado, en las cuatro veces que subió a escena antes de 1936. La importancia de las variantes sólo puede comprobarse sobre los textos conservados y conocidos.

Versiones conocidas de «La zapatera»

Cinco son las versiones de las que tenemos noticia. Paso a enumerarlas, ya adscritas a las fechas que, en mi opinión, les corresponden, como luego justificaré.

A) Manuscrito autógrafo, conservado en el archivo de la familia del poeta.

B) Versión de 1930, editada por Guillermo de Torre, junto
   con *Yerma,* en el t. III de las *Obras completas* de García
   Lorca, Buenos Aires, Losada, 1938, pp. 105-190.
C) Versión de la primera reposición, de 1933, conservada
   en un apógrafo que ha servido de base para la citada
   edición de Joaquín Forradellas (Salamanca, 1978).
D) Versión de la segunda reposición, de 1933, «verdadero
   estreno» de la obra. Un fragmento fue recogido en el citado artículo de *El Diario,* copiado del ejemplar de actor en manos de L. Membrives.
   También se publicó en la prensa de Buenos Aires el texto casi íntegro del prólogo a *La zapatera,* en su versión
   revisada.
E) Versión de la tercera reposición, de 1935. Lola Membrives entregó o permitió a Francisco García Lorca una
   copia de su ejemplar, que es la que he seguido para la
   presente edición.

Esta ordenación y adscripción de las distintas versiones a
las fechas indicadas intenta aclarar el complejo problema de la
transmisión textual de *La zapatera,* ya tratado de manera incompleta, y a mi entender errónea, por J. Forradellas en el estudio introductorio a su edición, pp. 69-74. Me aparto, igualmente, del análisis anticipado en su artículo «Para el texto de
*La zapatera prodigiosa», Boletín de la Real Academia Españo-
la,* LVIII, 1978, pp. 135-140. Examinemos, pues, las fuentes
anteriormente aducidas:

A) El manuscrito autógrafo carece de prólogo y de la hoja
preliminar con la lista de personajes, habitual en otros autógrafos lorquianos de teatro. Está escrito sobre cuartillas
(20,5 por 15 cm) y por una sola de las caras, según costumbre del autor. Comienza directamente en el acto primero,
con foliación que alcanza hasta las 32 páginas; las del segundo acto son 50. Dichos actos están divididos en escenas: XV
y XIIII *(sic)* respectivamente. La escritura ha sido realizada

con pluma en todo el segundo acto, mientras que diez páginas del primero han sido escritas, entera o parcialmente, a lápiz. Ocasionalmente el autor ha intercalado correcciones y adiciones en letra diminuta, así como ha tachado algunos pasajes.

Sin que sea ocasión de entrar en un análisis detallado, puede aventurarse que el autógrafo del segundo acto, único en el que figura el título de la obra, podría fecharse en 1926, de acuerdo con la datación del autor para toda la obra. El tipo de letra corresponde al de autógrafos epistolares y poéticos en torno a ese año. Este acto, además, presenta una versión primitiva (aunque no se pueda asegurar que la primera), mucho más amplia y prolija que cualquiera de las conocidas mediante copias o impresos.

El acto primero, en cambio, está más próximo a la versión de 1930. La escritura a lápiz acaso pertenezca a la revisión neoyorquina de la que tenemos constancia por Ángel del Río. El tipo de letra, semejante al usado en poemas de esa etapa así parece indicarlo. No es posible decidir, por el momento, si todo el acto obedece a una revisión completa sobre un autógrafo previo.

En términos generales puede afirmarse que los dos actos sufrieron una profunda remodelación en el paso de la versión autógrafa a la representada en 1930. Ha de hablarse, por tanto, de una versión intermedia, seguramente perdida, de la que saldrían las copias para el estreno madrileño. Las correcciones, que alcanzan una mayor importancia en el segundo acto, se orientaron hacia la supresión de todo aquello que desviara la atención del conflicto central vivido por la Zapatera. No sólo las réplicas se condensan e intensifican, sino que el papel de algunos personajes, sobre todo el de don Mirlo, resulta recortado. La pieza gana en calculada intensidad, tanto en el plano lingüístico como en el desenvolvimiento narrativo. La labor, pues, fue más que nada de supresiones, con sustitución de algunos pasajes (como el ya aludido final del primer acto) y refundición de otras escenas.

B) He dado hasta el momento por supuesto que la versión de 1930 coincide con la publicada por Guillermo de Torre en Losada. J. Forradellas (p. 69) supone, sin prueba alguna, que esta versión impresa corresponde a la representada por Lola Membrives en Buenos Aires tres años después. Difícilmente es esto admisible, sobre todo si recordamos la copla que el poeta pone en boca de su Zapatera en la autocrítica de *La Nación* (p. 148 de esta ed.). Estos versos no aparecen en la versión de Losada, como el propio Forradellas previamente señala (p. 57). Por su parte, Francisco García Lorca (p. 303) sostiene la misma tesis que aquí se defiende.

No existe, en principio, razón alguna para dudar del año que figura entre paréntesis en la portadilla de la edición Losada: 1930. Es cierto que podría estar referido únicamente al año de estreno de la farsa. Una serie de datos nos confirma, sin embargo, la primera suposición. Tal como he probado en la introducción a mi edición de *Yerma* publicada en esta misma colección, la colaboración de Margarita Xirgu en la ed. Losada fue fundamental. A pesar de mi olvido en esas páginas de *La zapatera,* la actriz catalana debió conservar su ejemplar de actor, el cual entregaría a G. de Torre, lo mismo que hizo con los de *Bodas de sangre, Yerma* y *Doña Rosita.* Que no se recabara de L. Membrives su ejemplar de la segunda o tercera reposición pudo deberse, entre otros motivos, a causas políticas, dada su vinculación, en aquellos años de la guerra civil española, al bando nacional.

Podría aducirse –y así lo hace Forradellas, p. 68– que la versión de 1930 tuvo que ser más breve que la publicada por Losada, ya que la primera fue calificada por el autor, en su citada autocrítica, como «versión de cámara». La cercanía del estreno de *Don Perlimplín,* pieza ya definida por García Lorca del mismo modo, habría facilitado el uso de idéntica calificación. Sin embargo, el autógrafo descrito no hace buena la hipótesis. El autor aludía a una «versión de cámara» sólo en función de su intimismo y carencia de «perspectivas rítmi-

cas» –bailes y canciones–, perspectivas que serían desarro-
lladas en Buenos Aires. Estas adiciones implican una visión
escénica diferente, no una refundición o modificación sustancial de la obra. Como afirma Francisco García Lorca a
este propósito, «las declaraciones del poeta hay siempre que
condicionarlas, pues Federico tiende en ellas a una hipérbo-
le» (p. 302).

C) A partir del análisis del ejemplar de actor encontrado, deduce J. Forradellas que se trata de un apógrafo mecanografia-
do entre 1933 y 1936. En su citado artículo del *Boletín de la
Real Academia,* p. 193, añade: «Con un poco de atrevimiento
nos gustaría creer que [nuestro apógrafo] fue uno de los cuadernos que sirvieron para preparar la representación del 18 de
marzo de 1935 en el teatro Coliseum de Madrid». La suposición se reafirma, con menos vacilaciones y sin prueba añadi-
ble, en el texto introductorio a su edición (pp. 69-74). Puesto
que el crítico es consciente de que la ed. Losada no corresponde «enteramente» a la versión representada en Buenos Aires,
aunque defienda que es ésta la que siguió G. de Torre, infiere
(p. 57) que el texto de Losada es «una copia y no perfecta» de
La zapatera.

 Con los datos suministrados por el poeta y por los críticos
del momento basta para advertir las contradicciones de la
anterior argumentación. Las dos reposiciones protagoniza-
das por Lola Membrives implican una serie de bailes y canciones de los que apenas queda huella en las versiones citadas. Si todo conduce a pensar que la versión de Losada se
ciñe a la de 1930, la hallada por Forradellas tiene que pertenecer a la representada por el Club Teatral de Cultura el 5 de
abril de 1933, meses antes del estreno de Buenos Aires. Por
otra parte, la representación del Club Teatral o Anfistora no
ha de trasladarse a 1935, como equivocadamente hace el crítico citado.

 García Lorca se refirió en la ciudad porteña a tres monta-
jes diferentes de *La zapatera.* Los dos primeros, de las repre-

sentaciones madrileñas, serían los más contenidos o inti-
mistas. Ahora bien, el apógrafo aludido supone una revisión del texto de Losada, con añadidos de cierta entidad en
el diálogo. No parece lógico pensar que el autor recortara
una obra ya de por sí breve, que planteaba problemas de
duración escénica, y menos aún cuando el conjunto gana
con la adición de los nuevos pasajes. Lo propio es que el re-
dondeamiento del texto se adscriba a la reposición del Club
Teatral, a la que correspondería el apógrafo. Éste, por tanto,
no puede estar referido ni al estreno de Madrid, ni al de
Buenos Aires, ni a la última reposición de la farsa en el Coliseum de Madrid. Sin duda el autor revisó para el Club
Teatral la versión ya estrenada (acaso con el autógrafo conservado a la vista) como paso intermedio de un proceso
que conduce a la versión definitivamente ampliada de Buenos Aires.

D) Opina Francisco García Lorca (p. 303) que la copia recibida por él de Lola Membrives se pliega a la versión de Buenos
Aires. He de avanzar que la «nueva versión» de 1935 y la antes
citada debían ser sustancialmente idénticas. Algunos indicios
nos hacen sospechar, no obstante, que estas dos versiones di-
ferían en pequeños detalles, pues el poeta corregía o modifi-
caba en los ensayos a partir de la experiencia anterior y, quizá, de las mismas capacidades de actrices y actores, cuando no
entraban en consideración otros motivos.

   Los Curas 1.º y 2.º del reparto de Buenos Aires no aparecen en la copia de L. Membrives. Por otro lado, la canción
«Las manos de mi cariño», que entonan en versión dialoga-
da el matrimonio de protagonistas en la escena quinta del segundo acto, presenta una pequeña variante en la desconoci-
da versión de Buenos Aires. En la crónica citada de *El Diario,* el periodista dialoga con la actriz argentina, la cual
exalta con elogio la belleza poética de la farsa; para demos-
trarlo, «abre el libro» de *La zapatera* y lee el texto de la canción mencionada (páginas 121-122 de esta ed.). El periodis-

ta transcribe enteramente los versos del ejemplar de la actriz. Frente a la versión que aquí se edita, en la que sólo intervienen la Zapatera y su marido, la de Buenos Aires introduce un burlesco eco de Vecinos, los cuales replican a los versos, en tercera, sexta y última intervención, con el siguiente fondo: «Uuuuuuuuuuuuuuuu» *(sic)*.

Las dos variantes señaladas, aun en el supuesto de que los dos Curas sólo tuvieran una presencia mímica, dan a entender que el ejemplar primero de L. Membrives no fue el entregado a Francisco García Lorca. La actriz debió conservar el corregido para las representaciones de Madrid. El poeta encargaría entonces nuevas copias, para distribuirlas a los actores, dejando al mecanógrafo un ejemplar corregido. Parece, por otra parte, natural que fuera una de estas copias la considerada como válida por L. Membrives, al margen de que hubiera conservado o no la del estreno porteño. He de insistir, de todos modos, en que las variantes de una a otra versión debían ser mínimas.

En cuanto al prólogo reelaborado para el estreno de Buenos Aires, se reprodujo, a falta de su final, en *Noticias Gráficas* (30-XI-1933), *El Diario Español* (2-XII-1933) y *El Ideal* (3-XII-1933). La versión es coincidente con la que recoge la aludida copia de L. Membrives.

E) Por los motivos alegados entiendo que la copia recibida por Francisco García Lorca corresponde a la «nueva versión» de 1935, última supervisada por el autor.

Mínimas son las noticias sobre la intervención de García Lorca en los ensayos de esta última reposición. Por un texto periodístico queda constancia de la relación entre el poeta y la actriz un mes antes del estreno: José Luis Salado, «Con Lola Membrives a propósito del "lorquismo" puro», *La Voz*, 7-II-1935. *(Vid.* M. Hernández, «Cronología y estreno de *Yerma, poema trágico,* de García Lorca», *Revista de Archivos...*, LXXXII, 2, 1979, p. 311.) En una prosa ocasional el propio poeta alude a su intervención en la escenificación de

unas canciones. Declaraba a sus amigos de la Residencia de
Estudiantes: «Necesito estar en el Coliseum preparando unas
canciones que estrena esta noche [18-III-35] Lola Membrives». Cf. «Presentación de Pilar López y Rafael Ortega», *Tre-
ce de Nieve*, 1-2, 1976, pp. 29-30. (La fecha de esta presentación ha sido establecida correctamente, frente a mi primera
datación, por J. Forradellas, p. 230.) Las canciones aludidas
debían ser las del fin de fiesta, dado que el poeta no las liga en
su afirmación a *La zapatera*. El hecho de que no quede constancia firme de la labor del poeta en los ensayos no está en
contradicción, sin embargo, con la supuesta revisión del original.

Queda por analizar un punto conflictivo. La copia de
Lola Membrives ofrece en su primera página un reparto
que no coincide plenamente con el deducido de la prensa,
tal como lo he recogido. Este reparto deja en blanco los
nombres de los actores que encarnarían a la Vecina Roja, el
Niño y el Alcalde. Puede suponerse, tal vez, que el reparto
no era todavía firme. De todos modos, tampoco coincide
con el de Buenos Aires. Las semejanzas obedecen al hecho
de tratarse de la misma compañía. He aquí la lista del mencionado reparto: «Zapatera, Lola Membrives; Vecina Roja,
[sin nombre]; Vecina Morada, Helena Cortesina; Vecina
Negra, Trinidad Carrasco; Vecina Verde, Cándida Losada;
Vecina Amarilla, Nima Máiquez; Beata Primera, Conchita
Ramos; Beata Segunda, Niní Montiam; Sacristana, Joaqui-
na Almarche; El Autor, Ricardo Puga; Zapatero, Alejandro
Maximino; El Niño [sin nombre]; Alcalde, [sin nombre];
Don Mirlo, Antonio Soto; Mozo de la Faja, Luis Roses;
Mozo del sombrero, Julio Infiesta; vecinos, beatas, curas y
pueblo; escenografía de Manuel Fontanals». Lo propio es
que el reparto se establezca con posterioridad a la copia de
la obra. El de la presente sería, pues, provisional, pendiente de completar y confirmar. Así, el Niño, encarnado por
la niña Rosa María Fontanals en Buenos Aires, lo fue en
Madrid por Matilde Hernández. Lola Membrives la lla-

maría por haber intervenido ya, con M. Xirgu, en el estreno de 1930.

Por otra parte, no aparecen incluidas en el reparto ni la Vecina Azul, ni las Vecinas 1.ª, 2.ª, 3.ª y 4.ª, ni las Gitanillas, personajes que sí están en la copia. El reparto debió ser trasladado, sin más, de un ejemplar de la representación porteña. Ahora bien, las Vecinas mencionadas y las Gitanillas tampoco figuran en el reparto de Buenos Aires. Podría colegirse que las escenas en que aparecen fueron añadidas en la versión de 1935. La Vecina Azul no hace más que sustituir a la Amarilla de las anteriores versiones en la escena octava del segundo acto. Su inclusión no supone modificación de texto. Otro es el caso de las canciones y bailes que introducen las cuatro Vecinas y las Gitanillas. Al tratarse de personajes que se destacan momentáneamente del coro de la farsa, serían encarnados por actrices que, ya en Buenos Aires, figuraban en el reparto con el papel principal que desempeñaban. Tal vez a esto se debe su omisión en el papel menor. La definición dada entonces por el poeta a su obra, con la expresa mención de bailes y canciones populares, conduce a pensar que Vecinas y Gitanillas proceden, en efecto, de la segunda reposición. La «nueva versión» de 1935 ha de ser considerada, fuera de escasas variantes, nueva en España, no para el espectador argentino. Entre las variantes aludidas sí estaría la presencia de la Vecina Azul, cuyo figurín había sido ya dibujado por el poeta en 1930. Parece, no obstante, que este personaje (más bien habría que hablar sólo del color) no llegó a formar parte de la versión correspondiente a este año y, en cambio, se incorporó a la versión última de la farsa.

Describe Francisco García Lorca la versión que recibió de manos de L. Membrives: «Las adiciones son meras amplificaciones; aunque importantes, principalmente musicales, más algún intermedio de bailes. Las escenas añadidas están, pues, determinadas por la intervención de lo musical. En algún caso, por ejemplo, se incorporan a la escena tres gitanillas. En la acción y el diálogo el orden es el mismo. No obstante, en el diálogo hay variantes importantes entre una y otra versión [se refiere por contraste a la de Losada], pero todas ellas son del mismo tipo: meras amplificaciones, como he dicho» (pp. 303-304). Al escribir esto, el hermano del poeta desconocía la versión encontrada por Forradellas, pero su juicio sobre la no alteración de la estructura de la obra, a pesar de los cambios, sigue siendo válido.

CRITERIOS DE ESTA EDICIÓN

La presente edición sigue, como texto principal, la citada copia de Lola Membrives *(LM)*. Se trata, en realidad, de una copia mecanográfica que debió realizarse sobre el ejemplar de trabajo de la actriz. La copia se hizo en un papel fino, como de calco (filigrana y marca El Pino), en hojas de tamaño holandesa. Presenta foliación independiente para cada uno de los actos: 27 páginas el primero, incluida en la numeración la hoja inicial de reparto y el prólogo, y 29 páginas el segundo. La copia es correcta en términos generales. El principal defecto que ofrece es la sustitución de algunas letras o su cambio de posición dentro de una palabra, como es propio de una mano inexperta en mecanografía. En estos casos la lectura correcta se resuelve de modo fácil e inmediato por simple conjetura. El texto fue revisado y corregido a mano, con tinta azul, en casos sueltos de sólo tres páginas, quizá por el mismo copista. La letra de estas correcciones parece de mano de una hermana del poeta, Concha García Lorca.

Para la fijación crítica del texto, la versión *LM* ha sido cotejada con las otras tres citadas: la del manuscrito autógrafo *(M)*, la de la editorial Losada *(L)* y la editada por J. Forradellas *(F)*.

Dadas las características –parcialmente descritas– de *M*, sólo me he servido de esta versión autógrafa como apoyo para algunas lecturas coincidentes. Cabe citar, por ejemplo, el insulto que la Zapatera dirige a una vecina en el primer parlamento de la obra: «viborilla empolvada». J. Forradellas prefiere, como *lectio difficilior* que ofrece su apógrafo, «vitorrilla», en contra de *L* y *LM*. Sin que sea preciso acudir a los usos comunes del habla, el pleito se resuelve del todo a la vista de *M*, donde el poeta escribió «vivorilla», con uno de sus no infrecuentes errores ortográficos. Por otro lado, una edición distinta de la aquí intentada exigiría la reproducción íntegra de *M*, aun sin olvidar que debieron existir otro u otros autógrafos. Como se desprende de todo lo dicho, he atendido únicamente a las versiones representadas, para cuyo esclarecimiento me sirvo ocasionalmente del autógrafo conservado.

El texto de *F*, transcrito con suma fidelidad por su editor, acaso proceda de un autógrafo, realizado por el autor con *M* a la vista, tal como se deduciría del aprovechamiento de algunos pasajes. No obstante, el apógrafo resultante parece ser una copia sumamente descuidada, quizá por la misma dificultad que presentan los manuscritos del autor a un lector no acostumbrado. Sin descender a detalles, cabe decir que *F*, a pesar de su indudable importancia, no puede ser seguido sin desconfianza. Su puntuación, por ejemplo, no sólo se aparta de *L* y *LM*, sino también de *M*. Atenidos a *F*, no sabemos, por tanto, dónde coinciden o se separan los sistemas de puntuación del autor y del copista. Por este motivo me he atenido, hechas algunas excepciones, a la cuidada puntuación de *LM*.

Me aparto, sin embargo, de *LM* en una breve serie de casos de excepción. Según me aclara Isabel García Lorca, tanto la edad como la apariencia física de Lola Membrives obligaron al poeta a modificar el texto de su farsa. Ni la actriz era rubia, ni representaba dieciocho años, ni parecía una chiquilla. De ahí que la Zapatera se volviera morena, que omitiera decir su edad (y el Zapatero la suya en la réplica correspondiente), y que de chiquilla se volviera en algo más admisible: muchacha. He preferido, pues, las lecturas de *L*, a veces coincidentes con *M*, según registro en el aparato crítico. Si los cambios se hicieron en razón de la actriz, entiendo que las lecturas correctas siguen siendo las anteriores, aquellas que obedecen a la concepción original de la farsa. Constituyó una alteración parecida la sustitución del Niño en las representaciones por una actriz niña. No ha quedado constancia en los textos de este cambio por el sencillo motivo de que no suponía una modificación del papel correspondiente, a no ser en casos de necesaria concordancia gramatical.

Los números que anteceden a cada variante en el aparato crítico señalan, respectivamente, página y línea de esta edición. A continuación se transcribe la lectura considerada como correcta, la misma del texto que se imprime, en la mayoría de los casos coincidente con *LM*. Puesto que se remite a las páginas correspondientes, se abrevia el texto, cuando es demasiado largo, con la inclusión de puntos suspensivos encerrados entre corchetes. Si la variante coincide con *M*, va seguida de esta sigla, de modo que quede diferenciado el uso parcial del autógrafo frente al cotejo exhaustivo de *L*, *F* y *LM*. Las variantes de estas versiones se transcriben separadas por dos puntos, indicándose a su fin la versión de la que proceden. Sólo se recogen las variantes que son divergentes. Se entiende, por tanto, que las no indicadas coinciden con la lectura copiada en primer lugar. Las variantes de acotaciones no van en cursiva, para evitar la confusión con las observaciones personales que he considerado de interés para justificar las opciones asumidas. Utilizo, en caso necesario, las abreviaturas *om* y *add* para texto omitido o añadido.

Finalmente, no he considerado preciso proceder al cotejo de las versiones de Arturo del Hoyo en su edición de las *Obras completas* en Aguilar y de Miguel García-Posada en su edición de *Obras, III* del poeta (*Teatro, 1*, Madrid, 1980). El primero sigue la edición Losada, pero introduce correcciones basándose en *M*. Ninguna de ellas está justificada críticamente, aunque ocasionalmente resulten válidas. Por su parte, García-Posada sigue, con leves modificaciones, la versión impresa por J. Forradellas.

SUBTÍTULO Y PERSONAJES

Adopto el subtítulo explicativo que el poeta completó en Buenos Aires para su nueva versión, tal como se desprende de la reseña citada de *Il Mattino d'Italia*. La deducción se confirma con un nuevo documento: un programa, procedente del archivo García Lorca, de la 50 representación (4-I-1934) «De la farsa violenta con bailes y canciones populares de los siglos XVIII y XIX en dos partes, con un solo intervalo». Puesto que la posterior versión madrileña coincide sustancialmente con la de Buenos Aires, según se ha discutido, parece legítimo mantener el subtítulo transcrito. Ya en las reseñas del estreno de 1930 figura la denominación de «farsa violenta». En la primera reposición, realizada por el Club Anfistora, recordemos que se habla de «farsa violenta, en un prólogo y dos actos». Es en la segunda reposición donde el desarrollo de las «perspectivas rítmicas» se incorpora al subtítulo de la nueva versión.

He añadido en la lista de personajes todos aquellos que salen a escena, si bien algunos no figuren en ninguno de los repartos conocidos. Como complemento a lo hasta aquí dicho, es de notar que en el programa antes citado se consigna entre los personajes del reparto, tras los Curas Primero y Segundo, un Soldado, papel desempeñado por José Carrasco. Quizá el Soldado fue añadido en el curso de las representaciones porteñas, ya que no figura en el reparto copiado de la prensa. En la actual reconstrucción parto de *LM,* con los añadidos de que ya he dado noticia.

PRÓLOGO

El prólogo, que ya figura en *L,* se mantuvo en las tres reposiciones de la obra. Desconocemos la versión de *F,* donde ha sido suplido con *L* por su editor. Al menos tres periódicos de Buenos Aires, ya citados, reprodujeron una versión ampliada, que remataba en «con el mismo ritmo desilusionado» (47, 3-4). Se omitía, pues, el fragmento último, que engarza ya con la acción dramática. La empresa o el autor debieron encargarse del envío a la prensa, como propaganda de la nueva obra lorquiana. Del correspondiente cotejo de las tres impresiones se deduce que las tres partían de idéntica copia. Unifico esta versión de prensa bajo una sola sigla: *P*. Si, a la vez, cotejamos *P* con *LM*, se aclaran posibles erratas de *L* al tiempo que se observa cómo la versión de *LM* debió ser revisada y corregida, en detalles menores, por el autor.

45, 2-3. (Sobre cortina gris [...] mano.) : (Cortina gris). (Aparece el autor. Sale rápidamente. Lleva una carta en la mano *L* || 45, 6. (todo lo contrario): *om P* || 45, 17. rosa: bola *L* || 45, 17. y de : o de *P* / tres panes y tres peces : tres peces *L* || 45, 19. tres mil panes y tres mil peces : tres millones de peces *L* || 46, 1-3. Pudo el autor [...] pero ha preferido : El autor ha preferido *L* || 46, 3. vagan : van *P* || 46, 4-5. zapatería : zapaterita *L* || 46, 5-8. teatrillo [...] espectador. : *add P* || 46, 8. En todos los sitios : En todos sitios *LM*. *He preferido la lectura coincidente de* L *y* P, *más acorde, por otro lado, con la construcción usual.* || 46, 14-26. Encajada [...] del verdadero teatro. : *add P* || 46, 27. (Se oyen las voces de la Zapatera.) : (Voz de la Zapatera dentro: ¡Quiero salir!) *L* || 46, 28. tanta : *om P* || 46, 30. barato : roto *L P* || 46, 31; 47, 1-4. Aunque [...] ritmo desilusionado... : *add P* || 47, 4. ¡Silencio! : (Voz de la Zapatera dentro). ¡Quiero salir! ¡Silencio! *L. Para el recto sentido de la variante de* L, *la primera exclamación debería ir dentro del paréntesis, según advierte Forradellas. Se trataría de una errata cuando no de un yerro del autor.* || 47, 7-8. los campos y : *add LM*.

ACTO PRIMERO

49, 9-12. Al levantarse [...] al mismo tiempo. : *om F* || 49, 13-14. ESCENA 1.ª La Zapatera y luego un Niño : *add LM* || 50, 3. viborilla : vivorilla *(sic) M* vitorrilla *F* || 50, 7-8. ni contigo ni con nadie, ni con nadie, ni con nadie *M* : contigo ni con nadie, ni con nadie *F* ‖ 50, 12. rubia *M* : morena *F LM. Adopto la primera variante, lectura original de* M *y* L, *luego alterada en razón de la actriz, posibilidad que ya sugiere Forradellas, p. 87, aunque la desestime. «Rubia», además, ofrece el justificado paralelo con el romance de la «mujer rubicunda y el hombrecillo de la paciencia» que el Zapatero recita en el segundo acto.* ‖ 50, 21. Melosa *M* : Cambiando: Melosa *F* ‖ 51, 3, lo *M* : le L ‖ 52, 5. mi *M* : la *L* ‖ 52, 9. arranque *M* : arranques *F* ‖ 52, 15. Escena 2.ª : *om L* Escena 3.ª *F* ‖ 52, 16. Dichos. Aparece por la izquierda el Zapatero : Aparece por la izquierda el Zapatero *L* Dichos y el Zapatero por la izquierda *F* ‖ 52, 19. Zapatero: Zap [atero] *M* Zapatera L. *En* M *están claramente diferenciadas la Zapatera y su marido con las abreviaturas Za. y Zap. respectivamente.* ‖ 52, 23. gratias *M* : gracias *F* ‖ 53, 14-15. Piensa que tengo dieciocho años : *om LM. Restituyo la frase por las razones explicadas.* ‖ 53, 17. cincuenta y tres : *om LM. Al omitir su edad la Zapatera (y en la representación, Lola Membrives), carecía de sentido la respuesta del marido, por lo que también desaparece en* LM. ‖ 53, 25. el : un *F* ‖ 54, 3. yo no valgo nada : no valgo nada *M* no valgo para nada *F* ‖ 54, 12. hice *M* : hiciste *F* ‖ 55, 2. reluciente *M* : relucientes *F* ‖ 55, 8. Tú qué *M* : ¿Tú? Tú qué *F* ‖ 55, 17. ¡dieciocho años! : *add LM* ‖ 56, 16. Mutis : Entra *M F* ‖ 56, 17-18. Escena 3.ª Zapatero, Vecina Roja y Niño : *om L* Escena 4.ª Zapatero [...] y Niño *F. Como observa Forradellas, el Niño no aparece en esta escena, pese a la acotación. La confusión no procede de* M. ‖ 56, 19. espejito : espejo *L F* ‖ 56, 21. Mete : Guarda *L* ‖ 57, 4. mi hermana, mi hermana : mi hermana *F* ‖ 57, 16. por delante : delante *LM* ‖ 58, 5. la : su *M L F* ‖ 58, 7. mi mujer : om *M L F* ‖ 58, 23. Zapatera, que detrás *M* : Zapatera, detrás *F* ‖ 58, 23. espía : espía la escena *L F* ‖ 59, 2-3. allí, ni que tire por aquí *M* : por aquí, ni que tire por allí *LM. Restablezco la lección primera coincidente en* M, L *y* F. *La de* LM *puede deberse a error de copia.* ‖ 59, 4. con *M* : en *F* ‖ 59, 5. con *M* : en *F* ‖ 59, 5. ¿Está bien con : ¿Están bien en *M F* ‖ 59, 12. Y tú : (A su marido)

Y tú *M F* || 59, 12-13. dejarte robar : te dejaste robar *F* || 59, 23.
rápidamente.) : rápidamente. El Zapatero cierra la ventana y
la puerta. *L F* || 60, 3. Zapatero : Zapatero (Cerrando la venta-
na) *M F* || 60, 4. (Cerrando la ventana.) : *om M L F* || 60, 6.
¿Qué *M* : qué, qué, qué... ¿qué *L* || 60, 12. el valor *M* : valor *F* ||
60, 18. Huy : Uy *M* Ay *L F LM. Parece claro el error del copista,
por lo que restablezco la primera lectura.* || 60, 20. me han (a ve-
ces) hasta insultado *M* : me han a veces insultado *F* || 60, 22. al-
mario : armario *F. El editor de* F *restituye la primera variante.*
|| 61, 8. al que doy *M* : al que te doy *L* || 61, 12. casados *M* : de
casados *L* || 61, 16. Pero... ¿qué : pero... (brusca) ¿cómo *M*
pero... (brusca) ¿qué *L F* || 62, 2. colgara *M.* : colmara *L* ||
62, 8. entra : sale *L* || 62, 10. (Sonriendo.) : *om M L F* || 62, 11.
Mañana : Mañana (sonriendo) *M L F* || 62, 13-25, 63. Vecinas
1.ª y 2.ª Que salga usted [...] ¡pieles de toro! : *add LM, carece
de acotación explicativa sobre el baile.* || 64, 1. Escena 5.ª : *om
L* Escena 6.ª *F* || 64, 16. vista *M* : cabeza *L* || 65, 8. coser *M* : *om
F; el editor lo restablece.* || 65, 15. muchacha : chiquilla *L F.
Probablemente la variante de* LM *fue decidida en función de la
actriz, lo mismo que la omisión de la edad de la Zapatera.* || 65,
17. ¡Oh, estoy : ¡Ca! Estoy *L* Ca. Estoy *F* || 65, 21-22. ella... ¡ella
es siempre : ella... siempre es *L* || 66, 3. quiquiriquí *M* : kikiri-
ki *L* quiquirikí *F* || 66, 7-19. Zapatero. Yo no he querido nun-
ca líos. [...] Alcalde. [...] mande en ti. : *add F LM* || 66, 10.
¡qué hermoso!, en : qué hermoso en *F* || 66, 21. Pero el caso es
que... no : Pero si el caso es que no *L* Pero si el caso es que no
manda... Señor Alcalde, no *F* || 67, 7. Mi hermana, mi herma-
na *M* : Mi hermana *F* || 67, 8. cuánto : cuántos *L* || 67, 9. dine-
rillo : dinerillos *M L* || 67, 16-17. ¡Digo, usted cuatro! : Digo,
usted cuatro. Digo, usted cuatro. *F* || 67, 18. Dentro, cantando :
Cantando dentro *L* || 67, 22. [y ¡vamos al tiroteo! || ¡Ay jaleo,
jaleo!] : *om L F LM. Completo la copla con las reiteraciones del
canto, a partir de* M. || 68, 1. el ademán : un ademán *L* ademán
F LM. Adopto la lectura de M, *pues la acotación marca un gesto específico.* «Cuca silvana», *expresión familiar que usaba el
padre de los Lorca, según me indica Isabel G. Lorca, significa*

«irse, tomar las de Villadiego», *de donde puede deducirse el gesto.* || 68, 9-15. Alcalde. No creo lo que dices. [...] Zapatero [...] no puedo más! : *add* F LM || 68, 19. debía : debías L || 68, 20. Escena 6.ª : *om* L Escena 7.ª F || 68, 21-23. Dichos y Zapatera, que aparece por la puerta de la izquierda, echándose polvos con una polvera rosa y limpiándose las cejas : Dichos y Zapatera F. *En* L *y* F *la acotación cierra la escena anterior :* Por la puerta de la izquierda aparece La Zapatera echándose polvos con una polvera rosa y limpiándose las cejas. || 69, 6. No te vayas a poner lila a última hora. *M : add* LM || 69, 7. dalias : damas de noche *M* rosas *L* F / pelo! : pelo y qué bien huelen. *L* F || 69, 14-15. debajo de la cama, coronando las chimeneas : *add* LM || 69, 21-23. Alcalde. Un poco brusca..., pero es una mujer guapísima. ¡Qué cintura tan ideal! ¡Qué lástima de talle! ¡Y hay que ver qué ondas en el pelo! (Mutis.) : Alcalde. Un poco brusca... pero es una mujer guapísima, qué cintura tan ideal. Zapatero. No la conoce usted. Alcalde. Pschs. (Saliendo majestuosamente.) Hasta mañana. Y a ver si se despeja esa cabeza. A descansar, niña. Qué lástima de talle (Vase mirando a la Zapatera) porque vamos... y hay que ver qué ondas en el pelo. *L* F || 69, 25-26, 70, 71, 1-17. Llegan unas Gitanillas [...] te lave la cara. : *add* LM, *a excepción de la copla central,* «Si tu madre tiene un rey», *que aparece en* L *atribuida, seguramente por yerro de la copia, al Zapatero; cabe también la posibilidad de que la copla fuera añadida por el editor de* L. || 71, 18. Escena 7.ª : *om* L Escena 8.ª F || 71, 19. Zapatero y Zapatera : *om* L Zapatera y Zapatero F || 71, 20-21. (Sentada en la ventana, coge una silla y le da vueltas.) : La Zapatera coge una silla y sentada en la ventana empieza a darle vueltas. *L* F. *En* F *la acotación encabeza la escena de forma independiente.* || 71, 22-23, 72, 1-3. ¡Ay jaleo [...] : Zapatera (cantando) ¡Ay jaleo [...] *L* F. *Transcribo la canción, a partir de* M, *de acuerdo con el criterio adoptado.* || 72, 4. (Dando vueltas en sentido contrario a otra silla.) : (Cogiendo otra silla y dándole vueltas en sentido contrario) *M* L F || 72, 13. corre : viene corriendo *L* F || 73, 1. Escena 8.ª : *om* L Escena 9.ª F || 73, 5-6. por la flau-

ta : por ella *L F* || 73, 12. ¡es de seda! : *add F LM* || 73, 12-13. A
los hombres les sudan tanto las manos... : *add LM* || 73, 15-16.
Cristóbal Pacheco, qué bigotes tienes! Currito... : *add LM* || 73,
18. Escena 9.ª : *om L* Escena 10.ª *F* || 73, 19. Zapatera y Don
Mirlo : *om L F /* que aparece en la ventana. Viste : Aparece en
la ventana Don Mirlo, viste *F* || 74, 2. Zapaterita, blanca *M* :
Zapaterilla blanca *L* || 74, 10. pío : pin *L F* || 74, 19. ¡Aaaay! Y :
Aaaaaay (Con cara de asco) y *F* || 74, 23. Escena 10.ª : *om L*
Escena 11.ª *F* || 74, 25-26. pesadumbre. : pesadumbre lenta. *F*
|| 75, 3. Zapatera: Zapaterita *F* || 75, 13. Pero : ¿Y *F* || 75, 16,
en este : este *F* || 76, 1. poniendo!... (Zapatera ríe.) : ponien-
do!... En cada casa un traje con ropa interior y todo (Zapate-
ra ríe) *L F* || 76, 12-13. ¡Te quiero! ..., ¡la quiero! *M* : la quiero...
te quiero. *F* || 76, 20. (Se acerca.) : (Muy cerca) *L F* || 76, 23. ¿Me :
¿lo *M L F* || 77, 14. (Mutis.) : *om L F* || 77, 19. o yo no me com-
prendo! : o no me conozco. *L F* || 77, 20-21. y cerote, y clavos,
y pieles de becerro!... : Cerote, clavos, pieles de becerro... *L* ce-
rote, clavos, piel de becerro!... *F* || 77, 21. (Va a la puerta y re-
trocede.) : (Se dirige hacia la puerta y retrocede, pues se topa
con dos beatas en el mismo quicio.) *L* (Se dirige a la puerta y
retrocede) *F* || 77, 21-25, 78, 6. Tengo ganas [...] quicio.) : *add
F LM* || 77, 23. el : en *F* || 78, 1. al : en el *F* || 78, 11. Con : De *L*
|| 78, 12. tardes : noches *M L F* || 78, 14. maestrillo, con el
mandil amarillo : *add LM* || 78, 17. quite, maestrillo, su delan-
tal. : *add LM* || 78, 27. abierta.) : abierta. Por la izquierda apa-
rece la Zapatera *L F* || 79, 1. Escena 12 : *om L* Escena 13.ª *F* ||
79, 2. Zapatera (Que entra por la izquierda.) : Zapatera *L F*
|| 79, 8-9. abusivos y qué... : abusivos y que *M L* abusivos... que
*F. La carencia habitual de acentos en los autógrafos lorquianos
daría pie a la lectura errónea de* L *y* F. || 79, 10. De la calle : Se
pone a encender el candil y de la calle *M L F* || 79, 14. chiquita
M : chiquitita *F* || 79, 15. antipatiquísima : antipática *L* || 79,
18-19. importarme, brutísimo? *M* : importarme? ¡Brutísimo!
L importarme? brutísimo... *F* || 79, 19. Se aparta : Se quita *L F*
|| Señor : señor *M L F LM. Interpreto que estamos, como es pro-
pio de un uso coloquial, ante un vocativo de origen religioso.* ||

79, 25. calabaza : calabazas *F* || 79, 27. cuidando! : cuidando a
mano! *M L F* || 79, 27-28. A ver si..., a ver si... : *add LM* | Ya dará
muestras durante todo este monólogo : Durante todo este
monólogo da muestras, *L* Ya dará durante todo este monólo-
go muestras *F* || 79, 29. a otro : para todo *L F* || sillas y : sillas,
despabilando el velón y *L F* || 80, 1. Escena 13.ª: *om L* Escena
14.ª *F* || 81, 17. Chiss, no pises fuerte. Lograrás que se escape... :
Chsssss. No pises fuerte. Zapatera. Lograrás que se escape.
M L F || 81, 17-18. (En voz baja, y como encantando a la ma-
riposa, canta.) : om *LM. Olvido, acaso, del copista. Añado la
acotación por entender que se trata de una canción, cuyo es-
tribillo sería dicho por los dos personajes, ya sin música. En
forma semejante he oído entonar la canción de la versión* L *a
Laura de los Ríos e Isabel García Lorca.* || 81, 19-28, 82, 83, 1-7.
Mariposa, carita [...] la mariposa que se escapa) : Mariposa
del aire, / qué hermosa eres, / mariposa del aire, / dorada y
verde. / Luz de candil, / mariposa del aire, / ¡quédate ahí,
ahí, ahí... / No te quieres parar, / pararte no quieres, / Mariposa del aire, / dorada y verde. / Luz de candil, / mariposa del
aire, / quédate ahí, ahí, ahí! ... / ¡Quédate ahí! / Mariposa, ¿estás ahí? Zapatera (en broma). Siiii. Niño. No, eso no vale.
(La mariposa vuela). Zapatera. ¡Ahora! ¡Ahora! Niño (corriendo alegremente con el pañuelo). ¿No te quieres parar?
¿No quieres dejar de volar? Zapatera (corriendo también
por otro lado). ¡Qué se escapa, que se escapa! (El Niño sale
corriendo por la puerta persiguiendo a la mariposa). *L* Mariposa / Carita de rosa / Luz de candil, / ¿Mariposa, estás
ahí? Zapatera (En broma). ¡Sííí! Niño. No vale, eso no vale.
La mariposa vuela. Zapatera. ¡Ahora, ahora! Niño (Corriendo alegremente con el pañuelo). ¿No te quieres parar?
¿No quieres dejar de volar? Zapatera (Corriendo también
por otro lado). ¡Que se escapa, que se escapa! El Niño sale
corriendo por la puerta persiguiendo a la mariposa. *F* || 83,
24. posible, no : posible, esto no *L F* || 84. Niño. ¡Sí que es
verdad! [...] no me resigno... ¡Ay!, ¡ay!, ¡ay! : *om F, probable-
mente por descuido, uno más, de este apógrafo.* || 84, 8. se te

caen : se caen *L* || 84, 10. de mí ahora, sola : de mí sola *L* || 84, 18. ustedes a saber : a saber ustedes *L* || 84, 22. Sacristana : Sacristana (Entrando) *L* || 85, 2. con trajes de : vestidas con *L* | llevando : que llevan *L F* | refresco : refrescos *L F* || 85, 2. con prontitud : con la prontitud *L* || 85, 6-7. se deben abrir : se abren *L* || 86, 5-6. Todas. Un refresco..., un refresquito... : *add LM.*

ACTO SEGUNDO

87, 2-15, 88, 1. A la izquierda [...] debe el director : *om F, se supone que por pérdida de una hoja : el editor suple el texto por* L. || 87, 2. A la izquierda : La misma decoración. A la izquierda *L* || 87, 8. Sombrero : sombrero en la cara *L* || 87, 9. Escena 1.ª : *om L F LM. Añado la necesaria indicación de escena, omitida por posible olvido.* || 87, 12. Faja : faja y el sombrero plano del primer acto *L* | Con los brazos caídos mira : Eleva los brazos caídos y mira *L* || 88, 5-6. El Mozo de la Faja : El Mozo *L F* || 88, 7. El Mozo del Sombrero : el otro Mozo *L F* | vuelven la cabeza : *om F* || 88, 9. de cine. La : de cine. Las miradas y expresión del conjunto dan su expresión. La *L F* || 88, 10. Mozo de la Faja : Mozo *L F* || 88, 16. Zapatera : Zapatera (Asombrada) *L F* || 88, 21. Mozo del Sombrero : *om L, de modo que las dos intervenciones quedan atribuidas al Mozo de la Faja.* || 89, 14. se ve pasar a : pasan *L F* || 90, 21. sonriente : sonriendo *F* || 91, 7-8. ¡Fuera de aquí todo el mundo! : *add LM* || 91, 10. haciendo : y haciendo *L F* || 91, 16-17. (Sale por la puerta rápidamente y : Sale rápidamente y *L F* || 91, 21. Escena 2.ª : *om L* || 91, 23. (Entrando y tapando los ojos a la Zapatera.) : Por la puerta entra el Niño, se dirige a la Zapatera y le tapa los ojos. *L* Por la puerta entra el Niño que se dirige a la Zapaterita y le tapa los ojos. *F* || 92, 6. merendita : meriendita *L* || 92, 14. Porque eres interesadillo... : ¿Por qué eres interesadillo? *L* || 92, 19. ¿A ver? : ¿A ver? (Se sienta en una silla baja y toma el Niño en brazos). *L* ¿A ver? (Se sienta en una silla baja y toma al niño en sus brazos). *F* || 92, 21. Lunillo : Cunillo *L. También el autógrafo da*

«*Lunillo*». || 93, 12. ascua. : ascua. (Ríen) *L F* || 93 22. lo : le *L* ||
93, 24. (Interrumpiendo.) : (interrumpiéndole). *L* || 93, 25.
¡Ja, ja, ja! : ¡Ja, ja, ja, ja! *F* || 94, 10. un : su || 94, 21. azarada :
azorada *L* || 94, 27. muy cerca.) : más cerca. Pausa). *L* Muy
cerca. Pausa. *F* || 95, 6. Niño : Niño (Con la mano) *L F* || 95,
15. (Cantando y siguiendo el compás.) : L y F *sitúan la acot.*
detrás de Niño. || 95, 22. (Llevando el compás con la mano so-
bre : El Niño lleva el compás en *L F. La acot. antecede a la in-*
tervención del Niño en estas dos versiones. || 96, 7. mantoncillo :
mantoncillo de Manila *L F* || 96, 15-16. en el suelo con la
vara.) : con la vara en el suelo. *L F* || 97, 20. (Sonriente.) : (Son-
riendo) *L F* || 98, 1. Escena 3.ª : *om L* || 98, 10. y desperdicia-
da : y tan desperdiciada *F* || 98, 12. ¿Qué va usted a tomar? :
add LM. En su lugar L y F *incluyen la acot.* Le sirve un vaso de
vino, *que en* LM *resulta desplazada.* || 98, 14. Un refresquito...
(La Zapatera le sirve un vaso de vino.) : *add LM* || 98, 21-23,
99, 1-8. Esto es pura experiencia [...] entra en la sangre. : *add*
F LM || 97, 22-23. Se va levantando : Se levanta *F* || 99, 6. pie-
dra mármol : piedra de mármol *F* || 99, 8. sueltas : sueltes *F* ||
99, 13-16. ¡Que yo no [...] (Acercándose.) : *add F LM* || 99, 17.
Con hijas : con dos hijas *F* || 99, 25-26. estoy seguro : estoy bien
seguro *F* || 100, 4-5. que no te quería : que no quería *LM. Res-*
tablezco la lectura coincidente de M L y F. || 100, 19. si tú fue-
ras : si fueras *F* | deberías : debías *L F* || 100, 21. del : de *F* || 100,
24. ¿Y qué más? : ¿y qué *F* || 101, 22. temprano : temprano
(Con retintín) *L F. En* LM *la acot. queda desplazada al perso-*
naje inmediato. || 101, 23-29. Zapatera (Con retintín.) [...] en
la soltería? : *add F LM* || 102, 3. viejo y muy pachucho! : viejo!
L F || 102, 14. Frente a : Por la *L F* || 102, 23. Voy a cerrar la ven-
tana : ¡Yo voy a cerrar la puerta! *L F* || 103, 9. en : a *L* || 104, 11.
Empieza : Haz *L* || 104, 18. tú lo : tú me lo *L* || 104, 23. Vecina
Roja : Vecina Roja (Sentándose) *L F* || 105, 17-18. Todos.
¡Qué barbaridad! : *add LM* || 106, 8. Las Vecinas : Los vecinos
L F || 106, 23. (Todos ríen.) : *add LM* || 107, 7. (Todos ríen.) :
add LM || 107, 15. Alejandría : Alejandrina *F, el editor de* F *co-*
rrige acertadamente. En M : «*Aleluyas con los hechos del zapa-*

tero mansurrón y la tarasca indomable». || 107, 20. esposo :
marido *L* || 107, 25. ríen : sisean *M* se ríen *L F* || 108, 4. esas :
estas *F; posible errata, pues el editor no anota la variante.* ||
108, 5. criaturas : escrituras *L; posible errata. La variante no
está advertida en la edición de* F. || 108, 6-11. ZAPATERO [...]
oírle hablar! : *add F LM* || 108, 12. desenrolla *M :* desarrolla *F
LM. Corrijo el error de copia, adoptando la lectura coincidente
de* M *y* L. || 108, 17. sienta *M :* se sienta *L F* | sus : las *F* || 109,
5-6. hombrecillo : hombrecito *L F* || 109, 11. NIÑO : NIÑO (A
la Zapatera) *F* || 110, 11. cómica : cansina *L F LM. Corrijo por*
M. *El adjetivo debió ser transcrito defectuosamente desde el
principio por la dificultad ocasional de la letra lorquiana y por
la falta de acento.* || 110, 13. mujer! : mujer! (Murmullos) *L F*
|| 110, 20. Primavera *M :* primavera *F* || 110, 23. TODOS : *add
LM* || 110, 24. limón, limón *M :* limón *F* || 110, 27. talabartera! :
talabartera! (Los vecinos ríen) *L F* || 111, 8. adrede *M :* alegre
L || 111, 17. la lezna. : la lezna. (Muy dramático y cruzando las
manos) *L F* || 111, 25. le : os *L F* || 112, 2. usted... : usted! (Los
vecinos murmuran y sisean) *L F* || 112, 5. contenerme... : con-
tenerme. (Llora queriéndose contener, hipando de manera
comiquísima) *L* contenerme. Llora queriendo contener [...] *F*
|| 112, 15. ZAPATERO : ZAPATERO (Malhumorado) *L F* || 112, 18.
sombra *M :* sombras *F* || 113, 2. «Niña, si tú lo quisieras, : Niña :
si tú lo quisieras *F. Desde este verso* LM *entrecomilla, frente a
las otras versiones, incluida* M, *las réplicas del diálogo mante-
nido en el romance.* || 113, 14. máxima.) : máxima que se no-
tará en sus expresiones) *L F* || 113, 28. En este último verso :
En este momento en el último verso *F* || 113, 29-30. angustia-
do : angustioso *F* || 113, 31. Otro grito más cerca. Los vecinos
se levantan. : los vecinos se levantan. Otro grito más cerca. *L
F* || 114, 2. cartel : telón *L F* || 114, 4. VECINA NEGRA : VECINA
NEGRA (En la ventana) *L F* || 114, 19. VECINA VERDE : VECINAS
F || 114, 21. Voz : UNA VOZ *F* || 115, 3. recorre : corre *L F* || 115,
4. rápidamente : rapidísimamente *L* || 115, 5-6. la puerta y la
ventana : la ventana y la puerta *L* || 115, 7-8. ESCENA 5.ª Zapa-
tera y Zapatero. : *om L* || 115, 9-12. ZAPATERA [...] con las veci-

nas... : *add F LM* || 115, 9. ZAPATERA : ZAPATERA (Furiosa) *F* ||
115, 19-22. ZAPATERO [...] disgusto. : *add F LM* || 116, 3. (Llo-
rando.) : (Rompiendo a llorar) *L F* || 116, 14. ZAPATERO : ZA-
PATERO (Con un arranque) *L* || 116, 15. ¡Eso : ¿Cómo? (En un
arranque) ¡Eso *F* || 116, 16. Dejando de *M* : Dejando rápida-
mente de *L F* || 116, 21. (Extrañada) *M* : *om L* || 117, 3. era
hombre : era un hombre *L* || 117, 6. guardarse : guardar *L F
LM. Corrijo por* M, *más acorde con la construcción coloquial.
Cita Forradellas, p. 176, de* Bernarda Alba : «*Guárdate la len-
gua en la madriguera*». || 117, 15. romances que : romances y
chupaletrinas que *L F* || 117, 16. pueblos? : pueblos? (Aparte)
(Ay, ¿qué habrá pasado?) *F* || 117, 22, no : *om L; seguramente
por errata, como señala Forradellas.* || 118, 1. ZAPATERO : ZA-
PATERO (Indignado) *L F* || 118, 3. ZAPATERA : ZAPATERA (Extra-
ñadísima) *L F* || 118, 7. ZAPATERA : ZAPATERA (Indignada) *L F*
|| 118, 11-12. historietas *M* : historias *F* || más : más! (Agrio) *L
F* || 118, 18. ¡Ah [...] costal! : *om F* || 119, 23-24. sentimiento :
sentimientos *F* || 119, 12. sino! : sino! (Casi lloroso) *L F* || 119,
18. vivo : vivo ya solo *L F* || 119, 19. (Llora.) : (Llora) ¿Qué
quiere, señor mío, qué quiere? *F* || 119, 21. Lo : Yo *L* || 119, 25.
ZAPATERA : ZAPATERA (Intrigada) *L F* || 120, 1. ZAPATERO : ZA-
PATERO (Se deja caer sobre la mesa) *L F* || 120, 7. dominante *M* :
dominanta *L F* || 120, 17-21. ZAPATERA [...] Deo : *add F LM* ||
120, 23-25, 121, 122, 1-4. (Música.) ZAPATERA. Las manos de
mi cariño [...] (Cesa la música.) : *add LM* || 122, 5-16. ¡Ay! [...]
al mismo tiempo. : *add F LM* || 122, 17. ZAPATERA : ZAPATERA
(Rápida) *LF* || 122, 18. poquito de café : poquito café *F* || 122,
19. tracamandana : tracamundana *F. Respeto la forma popular,
confirmada por* L. || 122, 25. las manos : la mano *L F* || 123, 124,
1-5. VECINA 1.ª ¡Comadre! [...] no lo ha visto nadie. : *add LM*
|| 124, 6. ZAPATERA : *om L* || 124, 8. ZAPATERO : ZAPATERO (Me-
loso) *L F* || 124, 10. ZAPATERA : ZAPATERA (Sonriente) *M L F* ||
124, 12-24, 125, 1-6. ZAPATERO. Huele, como debe oler esa
hermosísima mata de pelo [...] ¡Qué verdad tan grande! : *add
F LM* || 124, 12. ZAPATERO : ZAPATERO (Por la *[sic]* café) *F* ||
125, 7. ZAPATERO : ZAPATERO (En el último trago) *L F* || 125, 11.

ZAPATERO : ZAPATERO (Galante) *L F* || 125, 14. ZAPATERA : ZA-
PATERA (Derretida) *L R* || 125, 21-26. ZAPATERA [...] querién-
donos... : *add F LM* || 126, 11. F *intercala dos intervenciones,
que sigue con alguna variante el texto de* M : ZAPATERO. ¡Lo que
usted quiera!, y si la he molestado lo más mínimo le ruego me
perdone, pues los hombres solos no nos podemos contener.
ZAPATERA. ¡Ya lo veo! || 126, 12. quiera. : quiera (Apasionado
y vehemente) *F* || 126, 14. ¡mi niña loca! [...] y más. : *add F LM*
|| 126, 21. ¡Ay, qué zapaterillo : ¡Ay zapaterillo *F* || 127, 1-2. Es-
CENA 6.ª [...] y Niño : *om L* || 127, 4. sobresalto. : sobresalto.
¿Quién es? *L. F y* LM *posponen la pregunta al intercalar nuevo
diálogo.* || 127, 5-15. ZAPATERO [...] ¡Abra! : *add F LM* || 127, 14.
ZAPATERO : ZAPATERO (Autoritario) *F* || 128, 13. ZAPATERA :
ZAPATERA (Al Zapatero) *L F* || 128, 21. meterían *M* : meterán
L F || 129, 1. ZAPATERA : ZAPATERA (Rápida) *L F* || 129, 3. gen-
tes. : gentes (Mutis rápido) *L* gentes (Mutis rapidísimo) *F* ||
129, 4-5. ESCENA 7.ª Zapatero : *om L* || 129, 8. ¡Ay, casita : ¡Ah,
casilla *L* ¡Ay casilla *M F* ||129, 9. ventanas!... ¡Y ay : ventanas!;
¡ay *L* || 129, 15-16. ESCENA 8.ª Zapatero y Vecinas : *om L* ESCE-
NA 7.ª Zapatero y Vecinos *F. El editor corrige la equivocada numeración de la escena, pero mantiene* Vecinos, *lo que no se co-
rresponde con la acción.* || 129, 17. VECINA ROJA : VECINA ROJA
(Entrando rápida) *L F* || 129, 19. AZUL : AMARILLA (Rápida) *L
F* || 130, 4. AZUL : AMARILLA *L F* || 130, 8. AZUL : AMARILLA *L
F* || 130, 12. AZUL : AMARILLA *L F* || 130, 18. AZUL : AMARILLA
L F || 130, 22. AZUL : AMARILLA *L F* || 131, 1. ZAPATERO (Fuer-
te.) : ZAPATERO *F* || 131, 5. AZUL : AMARILLA *L F* || 131, 9. AZUL :
AMARILLA *L F* || 131, 22. (Las Vecinas salen corriendo.) :
(Sale corriendo. Las dos vecinas salen corriendo) *L F* || 132, 3.
AZUL : AMARILLA *L F* || 132, 6. ¡Tarascas! : judías *L F. La va-
riante debió ser decidida por los motivos que el poeta alega en
una entrevista de Buenos Aires, pp. 158-159 de esta ed.* || 132,
8-9. ESCENA 9.ª [...] y Niño : *om L* || 132, 13-14. Al mismo
tiempo pasa por el fondo una figura de amarillo. : *om L* Al
mismo tiempo pasa también [...] amarillo. *F* || 132, 16, atreven :
atreve *F* || 132, 18. hamugas : gamuza *LM. Adopto la varian-*

te coincidente en L *y* F || 132, 19-22. ZAPATERO [...] ganar la batalla : *add* F *LM* || 133, 6. se me vuelva : se vuelva *L* || 133, 7. Conmovido y avanzando : conmovido, avanzando *L* || 133, 12. emociono... : emociono... con vuestra soledad *F* || 133, 23. miedo : el miedo *L* F || 134, 3. voy : voy yo *F* || 134, 3. *Después de esta intervención de la Zapatera,* L *añade la acot.* (Fuera y muy lejanos se oyen murmullos y aplausos), *pospuesta en* F *y* LM *ante la ampliación del diálogo.* || 134, 4-22. ZAPATERO [..] Las seis de la tarde.... *add* F *LM* || 135, 3. encima : encima. ¿Cuánto debo? (Coge el cartelón) *L. Pregunta y acot., resultan pospuestos en* F *y* LM *con la inclusión de nuevo diálogo.* || 135, 4-24, 136, 1-2. ZAPATERA [...] no dan resultado : *add* F *LM* || 135, 13 las terribles calores : los terribles calores *F LM. Sigo la lectura de* M, *seguramente alterada por el copista al transcribir la letra del poeta.* || 136, 13. (Está conmovido.) : *om* F || 136, 15. quiero : quisiera *L* || 136, 18. estaba : está *F* || 136, 18. acostumbrado. : acostumbrado. (Está conmovida) *L* F || 137, 1-5. ZAPATERA [...] ¿qué? : *add FLM* || 137, 11. Le quiere usted : Le queréis *M* Le quiere a usted *LM. Ante el evidente error de* LM, *adopto la lectura coincidente de* L *y* F. || 137, 18. sentimiento : sentimientos *LM; pero coinciden en el singular* M, L *y* F, *por lo que atribuyo a error de copia la variante de* LM. || 137, 21. Y no se le : Y no se *F* || 138, 1. ZAPATERO : ZAPATERO (Temblando) *L* F || 138, 18-20. (La Zapatera [...] cómico.) : cómico en la garganta. *F* (La Zapatera está como loca, con los brazos separados del cuerpo. El zapatero abraza a la zapatera y ésta lo mira fijamente en medio de su crisis. Fuera se oye claramente un run-run de coplas). Voz (dentro). La señora zapatera / al marcharse su marido / ha montado una taberna / donde acude el señorío. *L. En* F *y* LM *el poeta amplía el diálogo y escalona las indicaciones de la acot.; introduciendo variantes y suprimiendo la copla, de la que sólo se marca el runrún, es decir, un lejano eco musical.* || 138, 20-23, 139, 1-6. ¿Qué te pasa? [...] runrún de coplas.) : *add F LM* || 138, 23. Dios mío!: Dios mío! Está como loca con los brazos separados del cuerpo. *F* || 139, 6. un runrún : claramente un rum rum *F* || 139, 8. ¿Lo oyes? ¡Pillo!

¡Tunante! ¡Granuja! : ¡Pillo, granuja, tunante, canalla! ¿Lo oyes? *L* ¿Lo oyes? Pillo, granuja, tunante, canalla. *F* / culpa! : culpa! (Tira las sillas) *L F* || 139, 12. alegra : alegro de *L* alegro *F* || 139, 12-13. venido : vuelto *F* || 139, 15. Zapatero : Zapatero (En el banquillo). *L. En* F *y* LM *la acot. se sitúa tras la réplica del personaje, lo que parece menos procedente.* || 139, 17-18. Las Vecinas : los vecinos *L F* || 139, 18. la ventana.) : las ventanas *F. Tras la acot.,* L *añade :* Voces (dentro). ¿Quién te compra zapatero / el paño de tus vestidos / y esas chambras de batista / con encajes de bolillos? / Ya la corteja el alcalde, / ya la corteja don Mirlo. / Zapatera, zapatera, / ¡zapatera te has lucido! || 140, 2-3. furiosamente : furiosa *F.*

Índice